开·卷·书·坊

自畫像

陈子善

上海辞书出版社

图书在版编目(CIP)数据

自画像/陈子善著.—上海:上海辞书出版社,
2014.8
(开卷书坊.第3辑)
ISBN 978-7-5326-4190-1

Ⅰ.①自… Ⅱ.①陈… Ⅲ.①序跋-作品集-中国-当代②游记-作品集-中国-当代 Ⅳ.①I217.2

中国版本图书馆CIP数据核字(2014)第113707号

丛书策划 蔡玉洗 董宁文
责任编辑 吕荣莉
技术编辑 顾 晴

自画像
陈子善 著
上海世纪出版股份有限公司
上 海 辞 书 出 版 社 出版、发行
(上海市陕西北路457号 邮政编码 200040)
电话:021—62472088
www.ewen.cc www.cishu.com.cn
苏州望电印刷有限公司印刷
开本720毫米×1000毫米 1/32 印张7.25 插页10 字数93 000
2014年8月第1版 2014年8月第1次印刷
ISBN 978-7-5326-4190-1/I·232
定价:30.00元

如发生印刷、装订质量问题,读者可向工厂调换
联系电话:0512—66700301

自画像

目录

自画像二

他画像

题 记

董宁文兄告诉我，“开卷书坊”要出第三辑了，嘱我再加入一本。我以前写过本《探幽途中》，有幸列入“开卷文丛”（“开卷书坊”前身）第三辑。这次同样深感荣幸。于是，就有了这本《自画像》。

中外古今文艺史上，“自画像”所在多有。美术家当然最擅自画像，譬如，画家梵高的自画像，画了一幅又一幅，幅幅撼人心魄。而作曲家柴可夫斯基的第六悲怆交响曲，何尝不可视作他诉之音乐的“自画像”。鲁迅脍炙人口的七律《自嘲》，不也是他逼真的“自画像”吗？作家的自传，如胡适的《四十自述》、沈从文的《从文自传》等，自然更是他们的“自画像”。至于作家的日记、书信等，从某种意义讲，也可视作他们的“自画像”。无论自传、日记、书信，“自画”得怎样，是否真实，是否可靠可信，是否有所“隐”有所“瞒”，这是另一个问题。但都是

研究这些作家不可或缺的参考资料，却是毫无疑义的。

我这本《自画像》内容又有些不同。书分三辑，“自画像一”是我已经出版或即将出版的二十六种著作的序跋；“自画像二”是我关于读书、编书、访书、买书若干文字的汇集，是对“自画像一”的补充；而“他画像”这辑则是内地和港台文坛前辈或友好为我几种著作所写的序文和书评，是他人在为我“画像”。我拟通过这样的“自画”和“他画”，让读者从中较为完整地了解我，进而看到我在中国现代文学研究长途上所取得的经验和所存在的不足。

起“自画像”这个书名，开始还真有点犹豫。七年前，我的学术随笔集《素描》出版后，曾被一些书店营业员误以为是讨论绘画技巧的书而陈列在美术书柜，令我哭笑不得。但宁文兄说“自画像”书名别致，那就“自画像”吧，即便再被误解一次，也值。

但愿我的“自画”没有胡乱涂抹，也但愿读者喜

欢我的《自画像》。如果“自画”得不像不好，请方家多多批评指教。

陈子善

甲午芒种后七日于海上梅川书舍

自画像一

《遗落的明珠》跋

这是我自己写的而非编校的第一本书，也是我在台湾出版的第一本书，这两个“第一”使我有足够的理由感到高兴。

十多年来，只要条件许可，我就会端坐在灰尘扑面的旧报刊堆中，翻动那些发黄发脆的纸页。那个已离我们远去的年代的人和事，又重新在我眼前出现、晃动，有时清晰，有时模糊，不断引发我的遐想和沉思。这在我已养成一种习惯，或者更确切地说，已变成我的一种爱好了。

作为一个中国现代文学研究者，我之所以这样做，是众多的历史教训，使我不大相信事后编辑出版的各种作家选集、文集、全集和合集，宁可自己去查阅原始的报刊书籍，至少也要把前者与后者加以对照，求得印证。唯其如此，才可能浸淫在当年具体的文学氛围中，设身处地地熟悉研究对象，从而

实现研究主体对研究客体尽可能的贴近，进入与作家共同的感受与情怀的特定境界。我认为这是研究中国现代文学的一条正确途径。

这本书就是我近年来埋首于原始报刊部分所得的结集。每当我“上穷碧落下黄泉”，在茫茫报海中发现现代文学大师不为人知的佚作，或者清理出一段湮没不彰的文学史实时，我的欣喜简直难以用笔墨形容。随之我就会设法把它们公之于世，不但让海内外同好分享我的喜悦，也可对现代文学研究的深入有所裨益。事实已经证明，我所挖掘的张爱玲的一系列“少作”和中篇小说《小艾》，我所考订的梁实秋前期用各种笔名发表的评论和小品，都足以影响对这两位著名作家的整体评价，已引起海内外现代文学研究界的重视。

本书中论及的周作人、郁达夫、徐志摩、梁实秋、孙大雨、戴望舒、钱锺书、张爱玲等各位，都是我喜爱的作家，他们多姿多彩而又备受争议的文学历程深深吸引了我。而在现代文学史上他们也都占有举足轻重的地位，很难设想，没有这些熠熠闪光的

名字，一部中国现代文学史将会是什么样子。然而，长期以来，他们在中国大陆的“遭遇”实在令人扼腕，不是被视为异端，就是被打入另册。经过这几年步履艰难的“重写文学史”，他们的成就已经逐渐为人们所承认，所推崇，这是一个进步。遗憾的是，关于他们创作生涯的史料还有不同程度的缺失，他们的一些代表性作品和重要的文学活动仍被埋没，这就大大妨碍了更为准确、全面地认识这些作家。有鉴于此，我在查阅原始报刊时对这些作家给予较多的注意，收获也较为丰硕，也就理所当然了。

我所从事的这项自以为很有意义的工作，曾被钱锺书先生戏称为“发掘文墓和揭开文幕”(《写在人生边上》重印本页一)，其实是中国现代文学史料学一个必不可少的组成部分。史料学是一门古老而又年轻的学科。说古老，是因为在中国文史类史料学源远流长，所谓汉学、朴学、乾嘉学派等等，崇尚“言必有据，无征不信”，形成了严谨的学风和良好的传统；说年轻，则是因为现代文学研究成为一门独立的学科，其历史只不过四五十年，而作为其

分支的现代文学史料学由于复杂的历史原因，却未能与之同步发育，长时期处于与上述传统“断裂”和因此形成的几乎空白的状态，只是到了最近十多年，情况才大有改观。我极愿为现代文学史料学进一步形成完整的体系而略尽绵力，本书大部分篇什虽然属于微观研究的范畴，但我力求从“外缘”和“内证”上考析佚文真伪，钩稽文坛轶事，就是我在这方面的一个尝试。

“文章千古事，得失寸心知。”我知道自己这些并不漂亮的文字很可能是“速朽”的，考证的最后结论一旦被学术界所认可，相比之下，考证的过程往往会显得无关紧要，很快被人遗忘，这也是正常的事。但我还是摆脱不了“敝帚自珍”的文人旧习，结集出书毕竟是对自己以往研究工作的一个小结，一种纪念，何况海外对我发现这些现代文学新史料的经过和甘苦，对这项拾遗补阙、考辨析疑工作的学术价值感兴趣的恐怕仍有人在，那么，就让这部《遗落的明珠》去接受读者的评判吧。

大陆著名学者汤用彤先生曾经告诫后来的研

究者："第二等的天资，老老实实做第二等的工作（即从事历史资料考证等工作，而不挂上什么流派的牌号），可能产生第一流的成果。如果第二等的天资，做第一等的工作（建立体系），很可能第三等的成果也出不来。"（《燕园问学集》页四十五）对我而言，不要说"第一等的天资"，就是"第二等的天资"也决不敢自诩，我的研究也肯定产生不了"第一流的成果"。不过，我将继续朝这个方向去努力。在今后一个时期里，现代文学史料学研究仍将是我的主要的学术任务，但愿我对现代文学各种史料的发掘、鉴别和整理能够做得好些，再好些。

书中附录了台湾秦贤次先生、香港黄维樑博士对拙作的两篇补正文字，以存他们与我切磋学术的美意。另外，《少年情怀——谈新发现的戴望舒佚诗》一文系上海张伟先生与我合作，由我执笔，也一并说明。

最后，我要感谢香港《明报月刊》自董桥先生起，至潘耀明先生的历任主编，特别是该刊助理主编黄俊东先生、《香港文学》主编刘以鬯先生、台湾

《联合报》的痖弦先生和陈义芝先生、《中国时报》的季季女士和焦桐先生，以及《文讯》月刊的李瑞腾先生，正是在这么多师长文友的不断鼓励下，并且提供宝贵篇幅，我这些文章才有机会与海内外广大读者见面。

我要感谢著名前辈作家柯灵先生，他老人家拨冗为拙著写了热情洋溢的序，对研究中国现代文学、对"重写文学史"提出了精辟的意见。

我还要感谢台湾业强出版社发行人陈春雄先生和总编辑陈信元先生，要不是他们对推动学术和两岸文化交流的满腔热忱，拙著是不可能问世的。

一九九二年七月三十日于上海酷暑中

（原载一九九二年十月台北业强出版社初版《遗落的明珠》）

《中国现代文学侧影》自序

屈指一数，如果从参加《鲁迅全集》注释算起，我研治中国现代文学已有整整十八个年头了。在这段不能算短的时间里，我一直痴心未改，把研究工作的重心置放在现代文学史料的发掘、考证和整理上面，从而与许多现代文坛前辈有着或长久或短暂、或直接或间接的接触和交往，有时也会兴之所至，将他们纳入我的研究范围。这本《中国现代文学侧影——前辈与我》就是这些接触、交往和研究的部分记录。

书中忆述评介的文坛前辈，自“五四”以降，分属各个历史时期，而以二三十年代崭露头角者居多。其中，如巴金、如俞平伯、如胡风，都在现代文学史上成就卓著，声名赫赫，对于他们的生平和创作，早就有海内外洋洋大观的研究文字在，用不着我再来多费笔墨。我只是从当时的具体感受出发，

写下一点我自己的领悟，我自己的思考。我不计文字的长短和文笔的工拙，只求内容的真切和评价的妥帖。许多前辈对我的研究工作曾给予宝贵的支持和帮助，我对他们的怀念是真挚的。当然，我也力图提供一些我的新发现，诸如这些前辈的遗文逸事、有关的文坛故实以及引起争议的各家之说等等，藉以展示这些文坛前辈独具个性的人格形态，勾勒中国现代文学发展的若干真实而非虚假的侧影。对于一些至今还鲜为人知的文坛前辈，如温梓川、彭芳草等几位，对他们的文学功绩，我就作了必要的考证和介绍，以期有朝一日这些现代文坛默默无闻的耕耘者也能进入海内外研究者的视野。

这些年来，我编订了不少文坛前辈包括长期被打入另册的周作人、梁实秋、叶灵凤等所谓"非主流"作家的创作年表、佚文集和回忆录。虽说这是"为伊消得人憔悴"的苦差使，不知耗费了我多少时间和精力，但我"衣带渐宽终不悔"。因为我始终认为这是中国现代文学研究的基础工作，探幽发微，拾遗补阙，重新整合现代文学的材料世界，其意义

不容低估，必须有人来做，必须把它做好。本书收入了我的一些编选心得和梁实秋、台静农这两位现今在海峡两岸都享有盛誉的文坛前辈的著译年表，从中多少可以看出我治学兴趣之所在和我的现代文学观。

中国现代文学研究成为一门独立的学科，不过是最近数十年的事，其间所经历的坎坷曲折，真是一言难尽。而今，随着形形色色西方文学和文化理论的引进，从结构到解构，从接受理论到女权主义，直至目前成为热点的萨义德的“东方主义”，无一不对大陆的现代文学研究形成冲击，促使其从观念到方法不断发生演变。至于台港和海外的现代文学研究，也是众声喧哗，各呈异彩。然而，观念和方法的更新，只有当其与原始材料的尽可能全面的把握紧密结合在一起，得到材料世界的充分支援之后，才可能真正发挥力量，才会使人们期待的现代文学研究在世纪之交的新突破成为现实。由于频繁的战乱和更为可怕的人为封锁和毁坏，中国现代文学的原始材料已大量散失、湮没和被歪曲，代之而起

的种种权力话语和意识形态神话还不同程度地弥漫在现代文学研究的众多领域里。因此，抢救史料，填补空白，拨开迷雾重新审视现代文学史的工作比以往任何时候都显得迫切。我这本朴实无华的小书如能在这方面起到一点小小的作用，则余愿足矣。

台湾中国现代文学史料学专家秦贤次先生热情为本书作序，以文化积累为己任的志文出版社发行人张清吉先生和总编辑曹永洋先生慨允出版本书，高情厚谊，谨此深谢！

一九九四年八月四日于酷暑中的上海

（原载一九九四年十二月台北志文出版社初版《中国现代文学侧影——前辈与我》）

《捞针集》自序

这是我的第一本书话集。书名“捞针”，不是故弄玄虚，取“大海捞针”之意而已。书海像大海一样浩瀚，我爱书，生活中不可一日无书，书海徜徉，每有发见和心得，辄喜不自胜。有时也兴之所至，化为文字，与海内外同好交流。现在承李庆西、吴俊两兄的美意，结集编入浙江人民出版社的“今人书话文丛”出版，算是对自己以往书话写作的一个小结，一次再出发。

我是从事中国现代文学和台港暨海外华文文学研究的，这或许可以称之为我的专长吧，我又有考据癖，因此，这本《捞针集》以谈论现代文学和台港文学书刊以及相关的人和事为主。现代作家的一篇佚文、一首遗诗、一则逸事，现代文学史上一本鲜为人知的著作，一段湮没不彰的史实，往往会引起我极大的兴趣。至于文章是否具有独特见解，文

笔是否工拙，倒在其次了。当然，所专者不一定就是所好者。我访书求知的范围其实更广更杂，诸如外国文学、古典音乐、藏书票艺术，甚至中外性学，等等，各类书刊我都注意收藏；各家学说，我也略有涉猎。但才有所限，力有不逮，很少形诸笔墨，偶一为之，还不知是否贻笑方家，现也收入本书，一并接受读者的检验。

现代书话的写作，据热情为本书作序的姜德明先生的考证，三十年代初已经出现。到阿英、叶灵凤、唐弢、黄裳、孙犁诸家就蔚为大观，周作人那些引录恰切、短小隽永的序跋题记更是其中的精品。唐弢所谓“书话的散文因素需要包括一点事实，一点掌故，一点观点，一点抒情的气息；它给人以知识，也给人以艺术的享受”的论断，已被海内外书话研究者多次引用，也确实道出了现代书话写作的真谛。或者可以这样说，“书话”已成为现代散文的一种新文体，一种形式极为活泼多样的新文体，理应进一步发扬光大。而珠玉在前，我作为书话写作上的后来者，虽不能至，却心向往之。

这些年来，我与书的关系，读书藏书之外，是编的多，写的少。以至于有刊物在发表文坛前辈为我的一本论文集写的序文时，误注该书为我所编选；以至于有友人在赠书给我时，戏称我为“编家”；以至于还有友人撰文劝我多写披露独家发现的文章。我想，今后凡有学术和史料价值的书，我仍会尽力去编订，因为这是有意义的文化积累工作，为还本世纪文学和文化史的本来面目、繁荣下一世纪的学术计，应该继续有人做；同时也希望自己多写些，写好些，能有第二、第三本书话集与读者见面。毕竟，德国法兰克福学派大理论家、也是大藏书家的W.本雅明说得好：在所有得书手法中，最令人钦佩的就是自己来写。

一九九七年二月十八日于上海

（原载一九九七年七月杭州浙江人民出版社初版《捞针集——陈子善书话》）

《文人事》跋

一九七六年十月，也就是在“四人帮”倒台之后，我有幸参加《鲁迅全集》书信部分的注释工作，从此走上研究和教授中国现代文学的“不归路”。从那时至今，二十年来所写的探讨中国现代文学的主要文章都收录在这本《文人事》里了。显而易见，“书被催成墨未浓”，我写得不多，鲜有长进，与许多同行师友相比，实在汗颜。

聊可自慰的是，我研究的重点一直放在对现代文学史料的挖掘整理上，一直放在对现代文人生平行谊、著译佚作的考证辨析上，在这些方面，我多少有些新的发现，对一些长期有争议或真相不明的文学史悬案多少有所澄清，对若干被忽略和被歧视的重要作家的研究也多少有所推动。从这本《文人事》中，读者也许可以窥见我力图通过一己的微观研究以促进中国现代文学宏观研究的治学路向，其

优点，其不足，相信自有高明洞察。

感谢上海柯灵先生和香港董桥先生赐序，使这本《文人事》大为增色。

感谢浙江文艺出版社和关心《文人事》出版的海内外学术界朋友。

是为跋。

一九九七年七月十一日

于上海华东师范大学图书馆

（原载一九九八年八月杭州浙江文艺出版社初版《文人事》）

《生命的记忆》跋

最近，承几家出版社的厚爱，我有机会把自己关于中国现代文学和台港文学的文章结集成书。侧重考证和研究的一本是《文人事》，由浙江文艺出版社出版；属于书话书评类的则编为《捞针集——陈子善书话》，由浙江人民出版社出版；属于回忆纪念性文字和一些值得留存的书稿序跋、学术小品汇集成这本《生命的记忆》。三本书各不相同又互有关联，读者如果有足够的耐心把它们都读完，就可明了。

本书之所以取名“生命的记忆”，是出于以下两层考虑：

首先，本书所忆所述的大都为在二十世纪中国文学和文化史上留下重要印记的作家、学人和艺术家。其中许多位已离开了我们，但这些有才华、有创造力的过去的生命已长留在我的记忆之中，风范

永存。

其次，作为作者的我，在中国现代文学教学和研究，特别是史料挖掘、考证和整理的长途上努力前行，度过了从青年到中年的大好时光，虽不敢说已“学有专长”，但“意有专情”（钱穆先生语）却是可以坦言的。现在回头来看，我学术生命中的不少时刻是应该珍视和记取的。

其实，人的一生中值得留恋的美好记忆并不会很多，知堂老人年轻时有一首有名的诗《过去的生命》，其中有这样两句：

这过去的我的三个月的生命，哪里去了？

没有了，永远的走过去了！

我现在已到了“知天命”的年龄，在我身上已经永远走过去了的学术生命，又何止是三个月，三年，而是整整二十年！其间有迷误，有痛苦，也有执著，有欢欣。我庆幸自己经常得到许多识与不识的前辈的指点和支持，使我对生命的意义认识得更清楚一些，对人文知识分子的使命把握得更自觉一些。这也就是我感到有必要撰文忆述这些前辈，乐于为这

些前辈编书的原因。

然而，除了书中已经写到的诸位之外，还有不少经常面聆教诲的文坛前辈，我还没有来得及写，像已经谢世的许杰先生，健在的施蛰存先生、柯灵先生、王元化先生、钱谷融先生和为本书赐序的黄裳先生，等等。他们的学问，他们的文学成就，尤其是他们的人格感召力，时时激励着我。但也许是太接近，太熟悉了，反倒不容易写。譬如九十二岁高龄的施蛰存先生，他在闲聊中不经意地表达的许多见解，足以警世度人。我曾陪同李欧梵教授、郑明娳教授和英年早逝的林燿德兄采访施先生，后者的访问记发表后在海内外引起轰动，凡此种种，都是很可追忆的。而我只在八十年代中期写了一则短文描画施先生的一个侧面，很不惬意。这些遗憾只能俟之来日弥补了。

按照时下的习惯分法，这本书大概可以归入学术随笔之列。散文随笔无疑应以文情并茂取胜，以此标准衡量，书中许多篇什可能都不及格。我一直念念不忘在文中尽可能地披露一点新的史料，提供

一些新的信息，而全然不顾文章长短合适与否。我认为为文大可不必受文体的束缚，想怎么写就怎么写，“三不像”、“四不像”又有何妨？除了要拿学位而不得不写有严格规范的有时甚至是虚张声势的学位论文之外，写其他文章只要尽性尽兴就行，不知与我有同嗜者以为然否？

黄裳先生在本书序中说我“年力正富”，来日方长，这当然是前辈的期许。但我自己已深有力不从心之感。但愿在今后的岁月里，能像巴金老人所说的，继续“像一个狂信者那样投身到生命的海洋里去”，抓紧时间去做人文知识分子最应该做的事情。

一九九七年十月二日

于日本东京都立大学，时秋光明媚，

景色宜人，身在客中，更感生命之可贵也。

（原载一九九八年八月上海教育出版社初版《生命的记忆》）

《说不尽的张爱玲》(台湾版)序

再过不久,二十世纪就将结束,人类即将跨入更具挑战的二十一世纪。尘埃落定,在回顾本世纪中国文学的进程时,张爱玲的名字决不是可有可无的。张爱玲应该是本世纪中国女作家中最有个性、最为出色的一位。这可以海峡两岸和香港地区正在不断出版各种张爱玲全集、文集和选本为证,也可以张爱玲的小说不断被改编成电影电视剧、话剧音乐剧为证,更可以海内外越来越多的研究张爱玲的论文、传记、专著和资料集为证。

由于一个偶然的机缘,我自一九八七年开始涉足“张学”领域。自那时至今,在并不算短的十多年的时间里,我发掘张爱玲早期佚文,考证张爱玲生平事略,自以为对客观、全面、公正地评价张爱玲提供了新的资料,对张爱玲研究的深入略尽了绵力。现在承台湾远景出版公司沈登恩兄的美意,把历年

所作关于张爱玲的文字结集成书，供海内外“张学”研究者批评、参考，也为自己的“张学”研究画上一个圆满的句号。

当然，张爱玲是说不尽的，张爱玲研究是不会画上句号的，我相信到了下一世纪，张爱玲在中国文学史上的地位将会受到更充分的论证和肯定。

感谢第一位认识并阐发张爱玲作品的独特价值、为张爱玲在二十世纪中国文学史上定位的夏志清先生热情赐序。

一九九九年十一月十五日于上海

（原载二〇〇一年七月台北远景出版公司初版《说不尽的张爱玲》）

《海上书声》自序

《海上书声》是我的第二部读书随笔集，写作时间为一九九七年至一九九九年。

与我的《捞针集》相比，《海上书声》内容更为芜杂，有访书录，有读书记，有编书谈，有书人忆，还有参加台港澳学术研讨会提交的论文等，杂七杂八，但愿还不是杂乱无章，因为主题仍然只有两个：中国现代文学研究和台港澳文学研究。

之所以起这个书名，别无深意。一直生活在上海，多少见证了这些年来上海新旧书市的变迁，人文学界风气的转换，因此发一些感喟，说几句真话，谈若干看法而已。书生的声音虽然微不足道，还是必须认真说出来的。

好像还有读者对我这些不大像样的文字有兴趣，于是承薛冰、徐雁、王振羽诸兄的美意编为一帙交东南大学出版社出版，以书会友，不亦乐乎？

书中部分文字最初发表时,报刊编辑限于篇幅有所删节,此次编集自当尽可能恢复原貌。此外,寒斋藏书太乱,寻检不易,以至本书插图未能尽如人意,这是应向读者说明并致歉的。

是为序。

二〇〇二年四月十八日于上海

(原载二〇〇二年五月南京东南大学出版社初版《海上书声》)

《陈子善序跋》楔子

自一九八二年我编注的第一本书《郁达夫忆鲁迅》(与王自立先生合编)问世至今,不知不觉,二十个年头过去了,真的是弹指一挥间。

二十年来,我一直从事中国现代文学和台港文学特别是中国现代文学史料学的研究,出版了著作七种,编订海内外作家学者各类文集、回忆录和资料集不下六七十种。(我自己未能确切统计,友人见告,网上可查,曾试过,很不全;还查过海内外数家大图书馆的馆藏,也不全。)自以为已经尽心尽力。

无论从我自己的著述,还是从我所编选的作品,不存偏见的读者应能把握我的中国现代文学史观和台港文学史观。我历来不赶时髦,不人云亦云,历来致力于文学史上被遗忘、被忽视的作家作品的挖掘、整理和研究,譬如,我关注周作人、梁实

秋、张爱玲等作家时，他们还远未成为热点。中国现代文学史是复杂的、多元的、丰富多彩的，我所描述，所力求重现的只是其中的一小部分而已。

对于序跋文，我是一直很爱读的。记忆中现代作家生前出版日记、书信集的不乏其人，出版序跋集的却只有周作人一位。他的《苦雨斋序跋文》（一九三四年三月上海天马书店初版）实在精彩，以至后人又为他编集了更为完备的《知堂序跋》。而像梁启超那部有名的《清代学术概论》，本来就是为蒋方震《欧洲文艺复兴时代史》所作的序文，因篇幅太长才改为独立成篇，从而成就了近代学术史上的一段佳话。斗转星移，时至今日，作家学者出版序跋集，也已渐成风气了。

这本小书就是我这些年来为自己著作和为他人编订集子所作序跋的选集，虽然远非全部，但大致已可窥见我的研究经过和我的心路历程，也多少表示了“个人的私意我见”（周作人语），因此，应该还有编集成书的价值。书中还附有我各个时期的照片数十帧，稍稍展示我的交游、爱好和日常生活。

这本小书如能引起中国现代文学和台港文学爱好者的兴趣，我当然十分高兴。

二〇〇三年仲春于海上

（原载二〇〇三年六月南京东南大学出版社初版《陈子善序跋》）

《发现的愉悦》序

这一本书收录二〇〇〇年至二〇〇二年所作关于中国现当代文学史料学的分类文字三十三篇。

史料的重要价值，凡从事人文学术研究的学者大概都不会否认。但对史料学研究的必要性和艰苦性，却往往加以轻视，至少是忽视，以致这些年来在中国现当代文学研究领域里，能称得上正式属于史料学研究范畴的博士论文，我只见到武汉大学金宏宇的《中国现代长篇小说名作版本述评》（也许我孤陋寡闻，有所遗漏），不能不使我感慨万端。

我长期在大学里讨生活，但我从不申请“科研项目”（同事申请，列名以示支援，当不在此列）。这固然与史料学研究不受重视有关（如果我申报一个“张爱玲作品版本研究”，一定会被以为没有“理论价值”也没有“现实意义”而得不到批准），也与我的个人“偏见”分不开。我对填不完的申请表格、写不

完的课题申请深感厌烦。我始终弄不明白，为什么自己感兴趣的研究课题非要根据所谓“课题指南”来获得认可，“学术自由”何在呢？不是你的研究课题还“八字没有一撇”吗，为什么非要“论证”它会有所创新和有重大突破？为什么有了“科研项目”（说穿了无非有了若干千元或万元科研经费），就好像学术水平也随之“财大气粗”起来，高人一等？从这个意义上讲，我赞成一些有识之士提出的改革乃至取消这种带有“计划经济”色彩的人文社科“科研项目”申报制度。不过，兹事体大，自有主其事的官方和学界高人从长计议，用不着我来瞎操心。

这本小书里的文字，当然都没申请过“科研项目”，也不是正经的学术论文，大都不符合“学术规范”，但我自信是有点学术的。最起码，它们是我的研究心得。它们发掘了一些重要作家的佚文，考订了一些鲜为人知的文坛史实，解决或部分解决了现当代文学史上的一些悬案或疑案。说得学术一点，它们是现当代文学史料学的微观研究和实证研究的一些实例。书里虽然没有多少理论上的阐发，但

我对现当代文学史的思考已蕴含其中矣。我想，这就够了。

当今出书，配置插图似已成为一种时尚，我也未能免俗。但本书的插图都是与书中文字直接或间接相关的，有的还是我的“独家发现”，以求实实在在的图文并茂。完全无关的拼凑和点缀为我所不取。

临末，向主编这套丛书的李辉兄和出版这本小书的湖北人民出版社说声谢谢！

二〇〇三年五月二十日于上海蜗居

（原载二〇〇四年二月武汉湖北人民出版社初版《发现的愉悦》）

《说不尽的张爱玲》(增订本)序

我已经不止一次地说过,由于“一次偶然的机缘”,我闯入了“张学”领域,但具体情形语焉不详。现在可以稍为详细地说一说了。

一九八五年,长沙钟叔河先生编选的《知堂书话》问世,我十分喜爱,冒昧地写信向他表达一个普通读者的敬意。没想到钟先生函嘱参与周作人集外佚文的搜集编订工作。盛情难却,何况这也是一个中国现代文学研究者的应尽之责,即不自量力地应允下来,又邀请天津南开大学张铁荣兄共襄盛举,于是就产生了后来颇获好评的《知堂集外文·亦报随笔》、《知堂集外文·四九年以后》和《周作人集外文·四九年以前》(上、下)三部书。

也就在查阅周作人上个世纪五十年代初发表于上海《亦报》、《大公报》的佚文时,我无意中见到了署名“梁京”的连载中篇《小艾》。当时我已读过

美国“张学”专家水晶先生的《论张爱玲的小说艺术》一书，记得书中透露“梁京”是张爱玲的笔名，而且是唯一的笔名，张爱玲本人也已经承认。但《小艾》从不见“张学”研究者提起，夏志清先生的名著《中国现代小说史》中未提，水晶先生书中也未提。因此，我几乎不需考证，就断定这是张爱玲的佚文。欣喜之余，立即影印了寄给远在香港担任《明报月刊》助理主编的黄俊东先生。

我之所以把《小艾》寄给黄俊东，有两个原因：一是由金庸先生创办的《明报月刊》在海外华人文化界享有很高的声誉，六七十年代发表过不少张爱玲的散文；二是黄俊东本人与张爱玲有过通信往来，也是张爱玲在香港出版的她的第二本散文集《张看》的责任编辑。果然，黄俊东慧眼识宝，立即嘱我撰写一文介绍《小艾》的发现经过，与《小艾》一起在《明报月刊》发表。黄俊东认为《小艾》的“重见天日”，必将对海内外的“张学”研究形成冲击。

后来的事实证明黄俊东的估计是对的。《明报月刊》一九八七年一月号刊出《小艾》后，在海内外

引起很大反响，海峡两岸的反应尤为热烈，《联合报》副刊马上转载，大陆也很快推出单行本，香港更有盗版本出现，以致引起张爱玲的不快。张爱玲最信得过的友人宋淇（林以亮）先生曾形容这次发现为“张爱玲震撼”。

就这样，“无心插柳柳成荫”，收在本书中的《张爱玲创作中篇小说〈小艾〉的背景》成了我研究张爱玲的第一篇评论。如果钟叔河先生不委托我编订周作人佚文，我就不会去查阅《亦报》，不可能发现《小艾》，也就可能与张爱玲无缘。其实，我当时的研究课题很多，郁达夫研究、周作人研究、梁实秋研究、台静农研究，我均有浓厚的兴趣，对这些作家生平和创作史料的搜集整理也都初具规模。但我意识到张爱玲研究在大陆还刚刚起步，还有许多工作要做，特别是对张爱玲史料的搜集整理几乎无人问津，这既是不正常的，也是与张爱玲在二十世纪中国文学史上越来越重要的地位所不相称的。我应该潜下心来，花上数载，致力于我所擅长的关于张爱玲生平史料和佚文的查考。我相信持之以恒，一

定会有收获的。

从此以后，我一直把张爱玲作为我的主要研究对象之一，而上天也特别眷顾我，让我不断地有所发现。当然，也使我沉湎于“张学”而不能自拔。张爱玲一九九五年九月初的一天在美国洛杉矶悄然谢世之后，我的工作也没有停止，相反倾注了更多的时间和精力，对张爱玲作品的考辨发掘也从文学创作扩大到美术领域。我还编选了《私语张爱玲》、《作别张爱玲》和《名著图典：流言》等书。后来美国哥伦比亚大学东亚系主任王德威教授在香港岭南大学主办的“张爱玲与现代中文文学国际学术研讨会”上称我为“目前在海峡两岸三地（张爱玲）书目学上最重要的学者”，我当然是愧不敢当的。

二〇〇一年七月，承已故的台湾远景出版公司主持人沈登恩先生的美意，我把历年所写的关于张爱玲的主要文章汇编成书交远景出版台湾版。我在这本题为《说不尽的张爱玲》的张爱玲史料考证文集的自序中说：“在并不算短的十多年时间里，我发掘张爱玲早期佚文，考证张爱玲生平事略，自以为对

客观、公正、全面地评价张爱玲提供了新的资料，对张爱玲研究的深入略尽了绵力。”我还表示，出版此书的目的是“为自己的‘张学’研究画上一个圆满的句号”。

然而，这个句号没有画圆。这两三年来找我谈张爱玲的有增无减，我也并没有在“张学”研究上罢手，并没有淡出“张学”领域，仍在继续耕耘，继续有所拓展。我越来越认识到张爱玲史料研究的完备与否直接关系到对张爱玲的整体评价，也越来越体会到张爱玲其人其文确实是说不尽的。现在，上海三联书店拟推出《说不尽的张爱玲》大陆版，我欣然同意之余，又对全书作了修订，补充了近三年来的新作，以期更完整地展示我在“张学”研究上的心得，让读者共享，也请读者指教。

二〇〇四年五月十四日于沪西梅川书舍

（原载二〇〇四年六月上海三联书店初版《说不尽的张爱玲》增订本，原题《无心插柳柳成荫》）

《迪昔辰光格上海》自序

我是在上海出生的。父亲是上海纪王镇人，母亲是上海引翔港人，如要追溯，大概他们两家三代以上都已在上海滩繁衍生息。因此，按时下流行的说法，我是较为“正宗”的上海人，以区别于虽生于上海父母籍贯却不是上海的非“正宗”的上海人，也区别于改革开放以来云集上海拼搏奋斗的“新上海人”。诚然，上海是移民城市，我的祖先应该也是从内地迁居上海的，但家谱（如果有的话）早已失传，这段可能颇为复杂的家族史也就湮没不彰了。

我自小在上海长大，从五十年代到八十年代，经历了每个大陆同代人都曾经历的风雨沧桑，从“三面红旗”到“三年自然灾害”到“学习雷锋”到“文革”骤起到粉碎“四人帮”到改革开放，等等。其间除了到“红太阳升起的地方”——江西井冈山地区插队落户六年，除了八十年代以后数次短暂的访学

英美和日本，我一直在上海生活、学习和工作，真可谓生于斯，长于斯，歌哭于斯，哀乐于斯了。毫无疑问，我对上海有着极为深厚的感情，在这长达一万八千多个日日夜夜里所发生的有趣或无聊的事，平淡或奇特的事，将来如果有时间，有兴致，是很可以写一部个人回忆录的。

不过，这本《迪昔辰光格上海》所讲述的可不是我自懂事以后所知道的上海，所记忆的上海，而是更早的我尚未出生之前的上海，确切的说，就是上个世纪三十年代前后的上海，而且是文学的上海，文化的上海，而不是别的。

上个世纪三十年代的上海被誉为“远东第一大都市”、“东方的巴黎”，她在当时中国政治、经济和文化生活中所处的地位真是举足轻重，特别是当时的上海是中国的文化中心，无论文学艺术还是新闻出版，都执中国文化界的牛耳，这早已成为中外“上海学”界的共识。如果不是日本侵华战争爆发，三十年代以后的上海在中国现代文化史上一定会扮演更为重要更为精彩的角色。当然，历史不能假

设。但三四十年代上海的文化态势和文学艺术生产的方方面面，形形色色，对从事中国现代文学研究的我来说，显然具有特殊的吸引力，这也就是为什么我对这一时期的上海情有独钟，特别关注的原因。

二〇〇三年秋天，上海《东方早报》专栏版编辑康华小姐找到我，说要开辟一个谈老上海的新专栏，约我加盟。她是我指导的硕士，刚接编《东方早报》专栏版，理应给予支持。后来我才知道这个专栏定名“上海罗生门”，由倪文尖、倪伟、包亚明、李天纲和我五人合作，一周五天，每人一篇。五人之中，他们四位都是上海人文社科学界青年学者中的佼佼者，思想文笔都十分了得，有的本来就是上海史专家。而我年龄最大，文思也最为枯涩，只能“倚老卖老”，勉为其难了。不久，李天纲兄因故退出，“上海罗生门”五人组只剩下了四位，幸好康华用笔名“客串”助阵，专栏才得以顺利继续。

之所以把专栏定名“上海罗生门”，是别有深意在的。日本作家芥川龙之介的小说《罗生门》和大

导演黑泽明主要根据这篇小说改编的同名电影，都是脍炙人口的名作。《罗生门》情节的吊诡，主题的多义，四个不同的引发人多种想象的结局，堪称文学史和电影史上的经典。凡文学和电影爱好者，想必都很熟悉。上海是海，是深不可测、变化无穷的人海，若要较为深入、新颖地讨论上海的成长变迁，讨论其中纵横交错的权力/文化/记忆的关系，用“罗生门”来喻其诡谲复杂，真是再恰当不过。

“上海罗生门”的主持者对专栏有明确的要求，那就是“上海开埠一百六十余年来，这个大都市和全球地域政治格局的关联，和国内政治经济格局的关联，应该是这个专栏的内在命题。但外在的表现也许只是一些文化现象、历史钩沉、边缘人物或者城市即景，这不仅仅出于可读性或者规避风险的考量，也因为文化、生活方式本身同样丰富而重要，而它相对暧昧模糊的一面则提供了更多的阐释空间”。对此，我深以为然。我和其他几位专栏作者各有各的专业和兴趣，各有各的风格和见解，我们只在自己所专攻的，最多也只能扩大到与其相关的

范围内发表己见，我们不会也不想对陌生或未知的领域轻率发言。

就这样，从二〇〇三年秋到二〇〇四年春末，我总共撰写了二十八篇“上海罗生门”专栏文字，最后一篇《上海赋》因这个专栏已经完成历史使命而移入别的专栏才得以发表。它们所涉及的内容，不外对三四十年代上海文学、艺术、影剧等方面鲜为人知的人物、书刊、事件和日常生活场景的查考，对保护上海文艺界名人故居等文化遗产的建议，以及对近年上海“怀旧热”和现代化进程中所产生的一些问题的批评。现在就把它们作为本书的第一辑，发表时由于篇幅和其他各种原因被删节的字句和段落均予以恢复。

在撰写“上海罗生门”专栏文字前后，我还撰写了一系列长长短短讨论三四十年代上海和八九十年代上海文学和文化问题的文章，包括相关的序跋、书评和访谈，有些是对“上海罗生门”言犹未尽部分的补充、引申和发挥，现在也把它们集中在一起，以“文化上海”名之，作为本书的第二辑。

“迪昔(张爱玲写作‘迭昔’)辰光”是上海话，意为“那个时候”，并带有些许怀念的意味。“迪昔辰光格上海”即“那个时候的上海”。这里主要是指上个世纪三四十年代的上海，也包括了上个世纪八九十年代的上海，那个时候的上海距今已有一二十年，也已成为历史了。对上海的城市记忆和言说，无疑也应包括这段历史在内。

其实，任何对上海的回忆和怀旧，都不是单纯的“发思古之幽情”，都是针对着当下的，都是把过往作为一个参照，试图对照、比较、探讨和解决当下的问题。但我不喜欢空泛地发议论，我喜欢研究具体的问题。我这些专栏的或非专栏的文字都是从个案切入，通过具体问题的探讨辨析，来把握上海过去和现在的文化空间，来重绘上海的文学和文化地图。我自以为多少有些发掘，多少有所反思，也可能会诱发对上海都市/社会/文化/人的未来想象和深度思考，到底做得怎样，那就有待广大读者评判了。

“迪昔辰光格上海”是异常丰富的，是十分迷人

的，我只是回顾和描述了文学和文化方面的一小部分，远非全部；即便是文学和文化方面，也还只是一小部分，远非全部。“迪昔辰光格上海”是一个开放的话题，是可以而且应该从各个不同的角度不断言说的。

感谢出版这本小书的南京师范大学出版社，也感谢为本书插图花费不少时间和精力的华东师大中文系博士候选人吴志峰君。

是为序。

二〇〇五年七月三十日于海上梅川书舍

（原载二〇〇七年一月南京师范大学出版社初版《迪昔辰光格上海》，个别字句略作修改后也为二〇〇九年三月台北秀威资讯科技股份有限公司初版《上海的美丽时光》之序）

《探幽途中》跋

一个农村打工者刚到现代化的大都市，往往会感到茫然，产生一种无力感。每当我走进上海书城和其他大规模、超大规模的“书城”，面对令人头晕目眩的书山书海，也会有类似的感受。现在的出版真是太发达、太快速了，不要说读完那些不断印出的某一专题的新书，就是浏览各类新书书目、简介，都几乎成为一种难以实现的奢望。那么，我还有必要再出新书吗？书店里多我一本并不起眼的小书，又会有多少读者关注呢？

然而，如果换一个角度思考。既然有那么多写得不怎么样、很不像样、莫名其妙乃至不知所云的书都在堂而皇之地出版，我的书决不会比它们差，理应更有出版的理由和存在的价值。至少至少，我的书对我所从事的学科专业的读者、同行、学子和

爱好者，或多或少总会有些裨益吧？如此一想，也就释然。

《探幽途中》就这样编就付梓了。这本小书收录二〇〇〇年至二〇〇六年间我写下的文字，仍然围绕中国现当代文学和台港文学两个中心而展开，仍然致力于“探幽发微，钩沉辑逸”。但与我以前的几本书相比，除了论述、考证、序跋、书评等之外，还说到美术和音乐，还有“且说说我自己”这一辑，内容是有点宽泛，有点芜杂了。这样也好。我本对那些高头讲章型的一本正经式的“学术专著”缺乏兴趣，我又不想去评选这个奖那个奖，这本并非没有学术的小书就以这样的“杂著”的形式与读者见面，岂不自然，岂不本色？我乐意这样做。

毛尖博士同意把她的妙文收入拙著作为代序，我的博士研究生王宇平小姐为拙著的编集做了不少工作，董宁文兄把拙著收入有名的“开卷文丛”，湖南教育出版社又玉成拙著出版，谨此一并致谢。谢了，谢了！同时，我也期待读者的批评，

期待，期待！

二〇〇七年三月二十二日于海上梅川书舍

（原载二〇〇七年四月长沙湖南教育出版社初版《探幽途中》）

《素描》自序

素描，本是一个美术名词，按《辞海》的解释，有两层意义，一是“绘画的一种。主要以单色线条和块面来塑造物体形象，水平较高的素描画有独立的艺术价值”；二是“绘画术语。造型艺术基本功之一，以锻炼观察和表达物象的形体、结构、动态、明暗关系为目的”。二者既有区别，又互有联系。这本小书之所以取名“素描”，正是从这二层意义，尤其是从前者引申而来的。换言之，是对我所认识的若干位中国文坛学界的前辈和同代人的“素描”。

我不止一次地对我的学生说过，我很幸运，走上中国现代文学研究道路之始，恰逢一个承上启下的特殊时期。因缘际会，我与许许多多现代作家和学者建立了友谊，或曾亲炙风采，或曾通信请益，尽管交往有深有浅，看法有同有异，但他（她）们都给我留下了难忘的印象。现在，年长一点的，大部分

已隐入历史；年轻一点的，仍活跃在中外文坛上。我的“素描”，只记下了我所感受到的他们的音容笑貌，我所体会到的他们的道德文章的某些侧面。而且，只能是某些侧面，绝不是全面评价，深入阐述，这是文学史家的论题，我则只有“素描”而已。

当然，想借此发掘一些鲜为人知的文坛史实，提供一些中国现代文学史研究的线索，这样的野心也是有的。所以，《素描》又不仅仅是“素描”，也还有些考证，有些评说，有些探幽发微，效果如何，自己也没有把握，还要期待读者的检验。

书分上下两编。上编是对已经作古的前辈和友朋的怀念，其中忆林淡秋、薛绥之、郁天民先生等篇是七八十年代的旧作，以前编集时漏收的。下编是对健在的海内外前辈和同代人的绘描。我与当代文学界接触其实不多，二〇〇三年岁末，《上海电视》的年轻编辑约我撰写当代作家“素描”，而且指定要在大众中有一定知名度的海内外当代作家，着实使我为难，硬着头皮写了五六篇就无以为继了。其中写台港作家的篇什经过修改补充交西安《美

文》重刊，同时又新写了数篇。“附录”三篇所谈的周瘦鹃、陆小曼、陈逸飞三位，我不可能认识或有可能却未能识荆，但又都与我有些间接的关联，故也一并收入，录以备考。

我的第一本散文集《生命的记忆》（一九九八年八月上海教育出版社初版）中，已有二十多篇怀人忆事文字，记下了我对叶圣陶、刘延陵、郑逸梅、许钦文、赵景深、盛成、胡风、钱锺书、唐弢、李辉英、温梓川等文坛前辈的念想。在学术随笔集《海上书声》（二〇〇二年五月东南大学出版社初版）中，也有对冰心、赵家璧、冯亦代等前辈的纪念文字。因此，这本小书可以说是《生命的记忆》和《海上书声》的续集，是新的“生命的记忆”。这项我自以为有价值有意义的工作，今后仍将继续。我想写还没来得及写的接触过的文坛学界前辈，还有很多位，他们在我的治学生涯中都曾给过我提示，给过我帮助，有的还过从甚密，我向他们中的不少位执弟子礼。他们虽已谢世，我不应也不会忘记他们：

郑伯奇、宗白华、许杰、汪静之、沈从文、郑超麟、

陈学昭、李霁野、孙席珍、冯至、罗念生、许幸之、李俊民、吴组缃、卞之琳、韩侍桁、李长之、萧乾、常风、蒯斯曛、任钧、艾青、臧克家、徐诗荃、陈企霞、徐铸成、杨晋豪、钱君匋、马国亮、赵铭彝、聂绀弩、萧军、骆宾基、胡考、黄源、柯灵、蒋锡金、陆诒、朱雯、孔罗荪、王西彦、戈宝权、赵清阁、金克木、潘孑农、周黎庵、谭维翰、陶亢德、无名氏、隋树森、张中行、范泉、董乐山、吴奔星、田仲济、林辰、杨霁云、陈瘦竹、王瑶、陈从周、唐振常、高伯雨、魏绍昌、邓云乡、吴德铎、柳门(以上均曾拜访或见面,有几位还有同事之雅)。

顾一樵、周全平、刘思慕、徐迟、常任侠、草明、吴秋山、王余杞、南星、谢兴尧、赵瑞蕻(以上未曾谋面,但均有通信联系)。

这么多闪光的名字,足以组成半部中国现代文学史和中国当代文化史的一部分了。

为自己的书起个别致的耐人寻味的书名,是每个作者的心愿。记得每次与香港散文家董桥先生见面,我总要问他下一部集子的书名。俗话说“老婆是别人的好,文章是自己的好”,我反其意而用

之，总有“书名是别人的好”之感。这本小书起名“素描”，开始还有些自鸣得意，后来才想起这书名前人早用过了。上个世纪有“钱封面”美称的新文学书刊装帧设计家钱君匋先生在1931年就出版过散文集《素描》。好在他老人家宽厚，泉下有知，当不会责怪我袭用了他的书名罢。

我一直与山东画报出版社合作愉快，因此，《素描》仍交该社印行。我深深感谢社长刘传喜先生和责编徐峙立女士为之付出的辛劳。

是为序。

二〇〇六年十一月二十八日初稿于飞往意大利途中，十二月七日改定于佛罗伦萨“高尔基旅舍”。历史名城佛罗伦萨，徐志摩译作“翡冷翠”，确是神来之笔。他为佛罗伦萨留下了《翡冷翠的一夜》、《翡冷翠山居闲话》等优美诗文。而今我来佛罗伦萨，山水依旧，风物依旧，却早已物是人非，难觅徐志摩当年踪迹矣。

（原载二〇〇七年五月济南山东画报出版社初版《素描》，个别字句略作修改后也为二〇〇七年十二月台北秀威资讯科技股份有限公司初版《素描——中国现当代作家印象》之序）

《这些人，这些书》自序

收录在这部学术随笔集中的文字，写作时间跨度很大，最早的完成于一九八四年，最近的则是今年的新作（其中部分篇章选自我的旧著，但都依据新的资料作了不同程度的修改）。这些长长短短的文字大都围绕两个方面展开：一是回忆我所接触过的前辈作家、学者，记录与他们交往的点点滴滴；二是讨论我所阅读和编选的一些书和若干相关话题，评说读书藏书的方方面面。

我是从事中国现当代文学和台港文学研究的，因此，在撰写本书中的文字时，会自觉不自觉地把这些人、这些书置于文学史的视野之下加以考量、加以探讨，虽然往往只是一鳞半爪，并非全面的评价；虽然可能感性的描述多了些，理性的分析少了些。事实上，本书上辑和下辑前半部分谈论的人和书，大都早已进入文学史了。

尽管本书并非学术专著，并非高头讲章，但对中国现当代文学史研究，自以为还是提供了若干新史料，提出了一些新看法。于是，本书就命名为《这些人，这些书：在文学史视野下》，并由衷地期待读者的批评。

是为序。

二〇〇八年三月二十一日于海上梅川书舍

（原载二〇〇八年五月武汉湖北人民出版社初版《这些人，这些书：在文学史视野下》）

《边缘识小》楔子

书名“边缘识小”，似不能一目了然，也有点笼统，应该略作解释。“边缘”者，相对于“中心”而言；“小”者，则相对于“大”而言也。全书涉及的都是中国现代文学史（含当代文学和台港文学）问题，不过，我所讨论的，并非文学史上的“宏大叙事”，并非当下学界关注的具有理论深度的中心论题，只是中国现代文学史上的一些并不重大的具体问题，只是我个人感兴趣的自以为有点意思甚至比较好玩的人、书、事，如此而已。

《边缘识小》分两辑。上辑是二〇〇四年至今长短文字的汇编。只有一篇《香港〈大公报〉载鲁迅书简考》例外，此文是二十七年前的旧制，以前多次出书时均失收，差点被遗忘了，此次补入以示“不悔少作”。《签名本和手稿：尚待发掘的宝库》与《老舍二题》发表后，朱子南先生和朱铭先生撰文，或商榷

或补充，感谢他们盛意之余，也仿前贤编订文集的惯常做法，把他们大作一并收入以供参考。下辑是二○○四年至二○○六年为《上海新书报》所作专栏“港台书缘”文字的结集，谈的虽都是香港台湾出版的文学书旧版本，贯穿其中的仍是对中国现代文学史的不断思考。

我研读中国现代文学史，历来注重历史的细节，作家的生平、生活和交游细节，作品的创作、发表和流传的细节……从这个意义上讲，我对法国年鉴学派的治学路向是虽不能至而心向往之。历史的细节往往是原生态的、鲜活的，可以引发许许多多进一步的探究。这册小书没有什么章法，之所以这样把一些看似不大相干的篇什集中在一起，目的也正在于此。至于能否“以小见大”，那就有待读者和时间的检验了。

除此之外，将近十余年来，由于我在张爱玲研究上作过一些考证，编过一些书，说过一些话，读者往往把我与张爱玲联系在一起，真是不敢当。其实我的治学兴趣大得多，除了张爱玲（当然，我必须承

认，张爱玲一直是我研究的重点，过去是、现在是、将来仍然是），我力求对现代文学作家和作品进行更广泛的探讨，《边缘识小》就是一个明证。这册小书与张爱玲无关。

自黄裳先生《插图的故事》之后，上海书店出版社陆续推出一套小三十二开精装本文史札记，作者大多是我尊敬的前辈和能随便谈笑的文坛好友，内容也都言之有物、启人心智，而装帧的典雅尤为我所喜爱。现在《边缘识小》纳入这套别致的丛书，叨陪末座，倍感荣幸。

戊子仲夏于海上梅川书舍，时当耳顺之年。

（原载二〇〇九年一月上海书店出版社初版《边缘识小》）

《看张及其他》楔子

中华书局将出版一套读书随笔小集，我得知后，毛遂自荐加盟，只为作者均是谈得来的好友，大家聚在一起出套小书，高兴。各书作者有媒体人，有出版人，有旧书业人，还有自由撰稿人，“学院中人”只有我一个，也算具有一点代表性。当然，大名鼎鼎的中华书局也是令我怦然心动的原因，先前编《梦甲室存文》（陈梦家著）已有过愉快的合作，那就一而再吧。

这册《看张及其他》仍沿袭我以往的书，既“专”且“杂”。说“专”，决不是自诩专精高深，而是指我的“专一”，即数十年痴迷于中国现代文学史研究而不改，读者也可以批评我没有长进，而今“国学”昌盛（可惜不少提倡“国学”者连“国学”到底是什么也搞不清楚），我这些文字显得有点不合时宜了。但我已管不了那么多，继续做自己喜欢做的事要紧。

说“杂”，是书中有考证、有评述、有序跋、有随感、有怀人忆事，还有答问之类，杂七杂八一堆文字而已，“规范”的学术论文反而一篇也没有。我有自知之明，虽属“资深”大学教师（在大学执教三十三年，总可称得上“资深”吧），但不大像“学者”而更像“文人”，文人气颇重，是好是坏，自己也没弄明白。

自二〇〇四年六月上海三联书店出版拙著《说不尽的张爱玲》至今，整整五年过去了。在这段时间里，张爱玲的佚作，大到长篇《小团圆》、中篇《郁金香》和散文《重返边城》，小到数百字的短制《天·地·人》和《炎樱衣谱》等等，接连发掘出土，“张爱玲热”方兴未艾，网上纸上众说纷纭，热闹非凡。作为一个张爱玲研究者，自不免发出一己之声、一孔之见，本书“上编”所录就是我五年来的部分“看张”文字，也是我五年来“看张”文字的首次结集。虽然写得不多，钻得不深，但注重史料力避空论，从文本出发又不过度阐释，都是可以向读者坦陈的。

临了，需要说明的是，“张看”本是张爱玲一九七六年在香港和台湾出版的一本散文、小说合集的

书名，她自己的解释是"'张看'就是张的见解或管窥"(引自《〈红楼梦魇〉自序》)。本书反其意而用之，"看张"者，就是我"看"张爱玲的"见解或管窥"。又因为书中所收不全是"看张"文字，故定书名《看张及其他》。

己丑六月六日于海上梅川书舍

（原载二〇〇九年十月、二〇一〇年一月北京中华书局初版、再版《看张及其他》）

《研读张爱玲长短录》楔子

《研读张爱玲长短录》是我讨论“张学”的第三本书，第一本《说不尽的张爱玲》，二〇〇一年七月由台湾远景出版公司出版，二〇〇四年六月又由上海三联书店出版简化字增订本；第二本《看张及其他》，二〇〇九年十月由北京中华书局出版。本书收入了我二〇〇四年以来“张学”研究的部分文字，有论文，有考证，有随笔，有序跋，还有演讲，长长短短，林林总总，都围绕张爱玲的生平、创作和佚文的发掘而展开。

今年在“张学”研究史上注定要成为一个重要的年份，因为今年九月适值张爱玲诞生九十周年、逝世十五周年，海内外的相关出版、研究和纪念活动已经接连不断。继去年推出长篇小说《小团圆》之后，中文散文《异乡记》（未完稿，我以为称作“自传小说”或许更为确切）、英文长篇小说《雷峰塔》已

在今年上半年相继出版并引起热烈争论。虽然由于才疏学浅，除了《小团圆》问世前后写过几篇不像样的评论外，我还来不及对这些新“出土”的张爱玲后期作品作出回应，但我仍然希望本书的面世能对“张学”的拓展和深入略尽微力。

感谢蔡文甫先生和九歌出版社同仁的美意，使本书能在具有特殊纪念意义的日子里在台湾出版，我欢迎海内外读者不吝批评指教。随着时间的推移，张爱玲的作品，无论就杰出者还是就整体性而言，都会越来越显示出它经久不衰的艺术魅力和从不同角度进行解读的研究价值。因此，我把这本书视作我“张学”研究的再出发。

庚寅五月二十于海上梅川书舍

（原载二〇一〇年八月台北九歌出版社初版《研读张爱玲长短录》）

《梅川书舍札记》跋

“札记”者，按《辞海》的解释，是“文体名。把读书的心得、体会或闻见所及随时记录下来、累积成篇之称”。不过，清人赵翼的《廿二史札记》，今人郭沫若的《读〈随园诗话〉札记》，都是围绕一部或一个系列书的阅读札记，这本《梅川书舍札记》却要宽泛些，杂乱些。

当然，乱中还是有序。本书“累积”各文仍与我一直从事的学术研究不同程度地相联。第一辑是我研究中国现代文学史的论文、读书随笔、编选前言、名家集外文发掘、版本考证和学术演讲等等；阐释张爱玲的长短文字集中在第二辑，以示醒目；怀人忆事和品评与现代文学直接间接有关的各种著述的篇什则编为第三辑；最后一辑都是命题作文，带有某种“自传”性质，从中或可窥见我是如何走上中国现代文学研究之路的。

这些文字最早的作于二〇〇五年九月，最近的作于今年四月，可见我写得不多，并非文思泉涌之人，唯一可以自慰的是，书中多少有些独家发见。

承长沙二杨（杨小洲兄和杨云辉兄）的美意，使《梅川书舍札记》得以问世，由衷感铭；又与扬之水、晓群、洪侠、小洲诸兄妙笔生花的大著一并亮相，与有荣焉。

但愿读者喜欢，也期待高明指正。

辛卯初夏于海上梅川书舍

（原载二〇一一年十一月长沙岳麓书社初版《梅川书舍札记》）

《沉香谭屑》小引

《沉香谭屑——张爱玲生平和创作考释》是我继《说不尽的张爱玲》、《看张及其他》和《研读张爱玲长短录》之后研究张爱玲的第四本书。全书编竣，付诸梨枣之前，先对读者交代几句。

我喜欢用“沉香”来形容张爱玲的文学作品。二〇〇五年九月张爱玲逝世十周年纪念之际，我编选了一部她的集外散文、电影剧本选，书名就叫《沉香》。因此，我这本“张学”研究集也以“沉香谭屑”命名。

张爱玲二十世纪四十年代蜚声上海文坛，到八十年代“重返”中国文坛并大获好评，其间相隔了约四十余年。这与她推崇备至的《红楼梦》从创作到被文学史家认识并肯定其不朽价值相隔整整一百二三十年比较，还真是小巫见大巫。由此可见，真正优秀的文学作品往往需要经受时间的考验，不管

遭受怎样的冷落和埋没，终究会被文学史家所发掘，堪称文学史上的“沉香”，而就这一点而言，张爱玲也比曹雪芹幸运。

时至今日，张爱玲的文学史地位已然确立，“张学”也已经蔚为大观，那么，张爱玲可不可以批评呢？当然可以批评，应该批评，十分需要深入细致、鞭辟入里的有创见的分析和批评，就像对任何一位有成就的中国现当代作家一样。但是，需要提醒和强调的是，正因为张爱玲是文学家，对张爱玲的批评也理应在文学的层面、在学术的范围内展开，而不是其他。否则，一些问题将永远纠缠不清。这是我这些年研究张爱玲的切身感受。

这本《沉香谭屑》收入我二〇〇四年以来所写的研究张爱玲的部分文字，有对新发掘的张爱玲集外文的考释，有对张爱玲稀见译著版本的辨析，有对张爱玲不同时期生活和创作状况的爬梳，还有对张爱玲研究名文讹传的正误，等等。长长短短，林林总总，一言以蔽之，仍然继续我研究张爱玲的一贯路径。

二〇〇五年至今六年间，足以在张爱玲作品出版、传播和研究史上留下印记的大小事情接连不断。电影《色，戒》的拍摄和上映，颇受争议的长篇小说《小团圆》终于刊行，长篇小说《易经》、《雷峰塔》英文版和中译本相继问世，集外文《天地人》、《炎樱衣谱》、《郁金香》和《年画风格的〈太平春〉》陆续被发掘，遗稿《重返边城》、《异乡记》和张爱玲与宋淇夫妇通信选《张爱玲私语录》整理出版，几乎每一次都引起海内外的热烈讨论。尤其是如何理解和评估张爱玲的晚期风格，更是众说纷纭。

我才疏学浅，除了《小团圆》和《异乡记》推出后写过几篇不像样的考证性的评介外，还来不及对《易经》、《雷峰塔》等新"出土"的张爱玲后期作品认真研读，作出反应，但我还是希望这本《沉香谭屑》能对"张学"的拓展和深入略尽微力。

有必要说明的是，书中绝大部分文章曾在海内外报刊杂志发表过，此次编集均作了不同程度的补充和修正。

我已经很久未请前辈为拙著题签了，因为不愿

给年事已高的我所尊敬的前辈增添麻烦，但这次却是例外。早在四年前，我就请“张学”研究先驱者——年届九十高龄的北京大学教授、书法家吴小如先生题写了“沉香谭屑”书名，自以为这是别有意义的。

抗日战争胜利之后，人在北平的小如先生读到张爱玲的《传奇》和《流言》，各写了一篇书评予以推荐，可谓慧眼独具，空谷足音。他写的《传奇》评论以“少若”笔名发表于一九四七年五月十七日天津《益世报·文学周刊》第四十一期，成为二十世纪四十年代研究张爱玲小说的重要文献，也使一九四六至一九四九年间中国北方的“张学”研究不至于一片空白。当时的《益世报·文学周刊》正是沈从文先生主编的。小如先生二〇〇七年五月十三日致我的信中说：

弟初写张爱玲书评时，已是张失意之始。盖抗战一胜利，张即受歧视矣。自信当时亦二十许人，而眼力尚不差，故四五十年后，拙作书评尚未过时。此日(间?)舆论对张，始终毁誉

参半，弟已不再置喙。目前文坛，与学术界、教育界、艺术界皆是非颠倒，难说真话。先生对张能锲而不舍，已极难能可贵。而自一九四五至一九四八年，以弟亲身经历，似犹以宽容兼顾态度为主流。沈从文师对张爱玲，并非正面赞誉者，而弟评《传奇》小文，即由从文先生亲自编发于《益世报》文学副刊。……为先生题书名，虽是友谊情深，同时亦是一种表态也。想先生能察之也。

之所以把小如先生为《沉香谭屑》题写书名的原委公开，一则这是一段可宝贵的文坛史料；二则可以借此证实“张学”研究史的曲折进程。至于小如先生对后学的期许，我自当作为最大的鼓励和鞭策。

本书的写作、出版得到了张爱玲文学遗产执行人宋以朗兄、香港岭南大学特聘教授郑树森兄、台湾张爱玲研究者符立中兄和香港牛津大学出版社林道群兄、上海书店出版社王为松兄等的帮助和支持，还得到许多海内外学界朋友的关心，谨此一并

深致谢忱。

我把这本《沉香谭屑》视作我“张学”研究的再出发，期待海内外方家不吝批评指教。

辛卯初夏于海上梅川书舍

（原载二〇一二年香港牛津大学出版社、二〇一二年三月上海书店出版社初版《沉香谭屑：张爱玲生平和创作考释》）

《雅集》小序

书名《雅集》，是中国现代作家的“雅集”。从周氏兄弟到王莹、艾霞，对这些熟悉或陌生的现代作家的文事人事加以发掘、考订和诠释，就构成了这本小书。

书中所收，有二十余年前的旧文，也有最近的新作。因此，书名如改为“新旧集”，也未尝不可。这样编排呈现，或可看出我的学术兴趣，以及我治学的一贯路径。

是为序。

壬辰秋于海上梅川书舍

（原载二〇一二年十二月、二〇一三年五月上海人民出版社“世纪文景”初版、再版《雅集》）

《不日记》题记

二〇一一年底，安迪兄告我，他将主持上海《文汇报·笔会》新创刊的“周末茶座”专版。该版除每周一篇主打文章外，分设五个文字专栏和一个图版专栏。文字专栏邀请美国叶扬兄、法国迈克兄、北京于莺医师、上海毛尖博士和我分别承担，至少为时一年。连专栏名他都替我想好了，叫做“不日记”。

我受宠若惊。当年曾为香港《明报》文化版写过“大陆书讯”专栏，为上海新创刊的《东方早报》写过“上海罗生门”专栏，但都为时不久。这次可要较长时间献丑了，不免有些惴惴然。可是安迪兄一再鼓励，乃下定决心，勉力一试，毕竟这很好玩。

每周一篇，八百字左右，要言之有物，要起承转合，并不容易。我又比较拘谨，不会海阔天空，信马由缰，只敢在自己的专业范围内发言，最多偶尔说说自己的兴趣爱好，如西洋古典音乐之类。因此，

这是个不小的挑战。不过，这样一来，话题相对集中，从微观层面对中国现当代文学研究特别是史料发掘略陈鄙见，未始不是一件乐事。

“不日记”二〇一二年三月四日正式开张，到今年二月二十四日，正好一年，共得四十四篇（因稿挤，其间有数周“周末茶座”暂停）。于是承山东画报出版社美意，结集出书，书名仍作“不日记”。“集外”部分则收录这一两年来所作散篇，仍均与中国现当代文学的人、书、事相关。还附录一篇二十年前的《香港访学日志》，正好与“不日记”首尾呼应。

叶恭绰先生有诗云：“藏珍本意供研索，聚散奚烦苦刻舟。著录烟云聊鉴影，本无一物更风流。”我还达不到他那样的潇洒境界，只求这本小书不至令感兴趣的读者失望。

二〇一三年四月二十日于海上梅川书舍

（原载二〇一三年七月济南山东画报出版社初版《不日记》）

《沉醉春风》跋

一九七六年十月，我进入上海师范大学中文系鲁迅著作注释组，参加鲁迅书信（一九三四——一九三六年）的注释，这项工作至一九八一年《鲁迅全集》出版始告一段落。

正是在注释鲁迅书信的过程中，我逐渐对中国现代文学史上另一位重要作家郁达夫产生了兴趣。虽然在一九三四至一九三六年这一时段里，现存鲁迅致郁达夫的信札仅一通，但我发现两人自一九二三年二月十七日在北京结识以后，关系一直颇为密切，郁达夫又是长期被误解、曲解甚至被贬低而未得到应有评价的作家，因此，我产生了研究郁达夫的冲动，与王自立先生合作，从搜集、整理、编订郁达夫作品和研究资料开始做起。这大概是一九八〇年秋冬间的事。

一九八二年一月，王自立先生与我合作编注的

《郁达夫忆鲁迅》由花城出版社推出，虽然是只有一百零八页的小册，却是我出版的第一本书，敝帚自珍。我从此一发而不可收，先后编订了《郁达夫研究资料》（上、下册，有天津人民出版社和花城出版社两种版本，天津人民出版社版近年又有知识产权出版社重印本）、《郁达夫文集》（十二卷本，花城出版社和香港三联书店联合出版）、《回忆郁达夫》（湖南文艺出版社版）、《卖文买书：郁达夫和书》（北京三联书店版）等书，为郁达夫研究文献保障体系的初步建立尽了一点力。

与此同时，我继续拓展我的研究领域，对创造社同人，包括从与郁达夫一起创办创造社的郭沫若起，直到"小伙计"叶灵凤、潘汉年，对早期创造社的文学活动，尽管有的是浅尝辄止，都不同程度地有所涉猎。特别对于叶灵凤，进入新世纪以后，我仍给予相当的关注并有所发现，编订了他的多种小说集和散文集。

应该指出的是，我对郁达夫、叶灵凤和创造社其他作家的研究，总体而言是编的多，写的少。我

认为在研究的起步阶段，这样做是完全必要的。因为只有打下扎实的史料基础，对这些作家的生平、创作文本和其他各种向度的研究工作才有可能更好地展开。但是，我毕竟还是写下了一些心得。当然，其中有些文字今天看来已经属于常识，但在当时，这些现代文学史的常识，连专业研究者都未必知道。

本书就是我一九八一年至今关于郁达夫和其他创造社作家的考证、论析、序跋、交往年表等文字的汇编，有数篇是与王自立先生、张伟先生合作的成果（均在文末注明），有数篇系首次结集。承中华书局上海分公司美意付梓，以供对中国现代文学史和郁达夫及创造社感兴趣的读者参考。

由于写作时间跨度较大，书中各文体例并不一致，有些提法也带有当时语境下的痕迹。为了尽可能保持历史原貌，只对个别文字在不损害原意的前提下酌予删削，错漏略加订正，人物称谓和注释格式也稍作调整，特此说明。

是为跋。

二〇一三年六月二十七日于海上梅川书舍

（原载二〇一三年八月中华书局上海分公司初版《沉醉春风：追寻郁达夫及其他》）

《钩沉新月》跋

本书是我从一九八〇年代后期至今，研究“新月派”诸子文章的结集。“新月派”在中国现代文学史上的地位和影响，已不必我再辞费了，我只在这里对我研究“新月派”的历程作一简要的回顾。

与许多同道一样，我研究中国现代文学，是从鲁迅起家的。具体地说，是从注释《鲁迅全集·书信卷》起步的，逐渐扩大到与鲁迅关系密切的郁达夫、周作人、台静农等作家，再扩大到与鲁迅意见相左乃至发生过严重冲突的“新月派”诸子。我认为，这是一个自然而正常的过程。因为现代文学史本来就是丰富多彩、错综复杂的，不研究鲁迅的对立面，甚至对鲁迅的对立面简单地全盘否定，都不是严肃的现代文学研究者应持的态度。如果这样做，鲁迅研究其实也无法再进一步深入。

当我开始关注“新月派”诸子时，我发现除了梁实秋还在台北、孙大雨还在上海，其他各位都已经谢世了。时不我待，我多次向孙大雨先生请教，获取了一些“新月派”的宝贵资料。但当我打算设法联系梁实秋先生时，却传来了他于一九八七年十一月三十日在台北溘然长逝的噩耗。我前所未有地强烈感受到时间的无情。随着“新月派”那一代人几乎凋零殆尽，研究他们的难度大大增强了。譬如，梁实秋使用过不少笔名，如果他还健在，就可一一向他求证，但他作古以后，就只能摸索考查了，有的笔名很可能就会成为永远无法破解的谜。

大约从一九八八年起，我把我的研究重心向“新月派”诸子倾斜，尤其注重对梁实秋、徐志摩的研究。当时，我的同行已在“新月派”诸子研究中取得了长足的进展，胡适、徐志摩、闻一多等位的研究资料集已经出版，我只不过做了一些“新月派”诸子生平交游的探幽发微、集外诗文的补阙拾遗而已。因为这些一直是我的治学兴趣和路径之

所在。

毋庸讳言，在“新月”诸子中，我在梁实秋研究上所下功夫最多。我编纂了《梁实秋著译年表（一九二〇——一九四九）》（刊于一九八八年十一月至一九八九年六月《香港文学》第47—54期），考证了一些梁实秋笔名，编订了多种梁实秋集外文编，编注了《梁实秋文学回忆录》和《回忆梁实秋》等书，从而为梁实秋研究文献保障体系的初步建立尽了一点绵薄之力。我一直认为只有当这项基础性的工作做好了，对一位作家的研究才可能真正开始。

现在，承中华书局上海分公司美意，我把历年所作关于“新月派”诸子的长长短短的研究文字编成一书，以供对中国现代文学史和“新月派”感兴趣的读者参考。书中有考证，有论析，有书评，有序跋，还有对话和通信，部分篇章是首次结集。由于写作时间跨度较大，各文体例不一致，为了尽可能保持文章原貌，除了个别错漏略加订正、注释格式稍作调整外，均不作统一。

是为跋。

二〇一三年六月二十四日于海上梅川书舍

（原载二〇一三年八月中华书局上海分公司初版《钩沉新月：发现梁实秋及其他》）

《拾遗小笺》小引

自从踏上研究中国现代文学的漫漫长途，这些年来，我一直在做一件自以为有些意义的事，那就是发掘“文学史上的失踪者”，拾取通行的文学史著述之遗落。

四年前，俞晓群兄与沈昌文先生、陆灏兄合作，策划出版“海豚书馆”丛书，我又奉命主持其中的“文艺拾遗”系列，迄今也已得数十余种。

有了上述两种理由，这本汇集我若干拾遗心得的小书，就取名为“拾遗小笺”，借用太史公的一句话，就是对中国现代文学史略以“拾遗补蓺”。

《拾遗小笺》共分三编，上编为替“海豚书馆·文艺拾遗”系列十三种所写的“出版说明”，以及与之相关的文字数篇；中编为对翻译家傅雷先生的“拾遗”；下编为对作家、学者施蛰存先生的“拾遗”。

新编既成，自重加校订，并零星枝节地稍作增

补。尽管如此，讹误恐仍难免，由衷期待方家郢正。

甲午正月初七于海上梅川书舍

（原载二〇一四年六月北京海豚出版社初版《拾遗小笺》）

《清影集》跋

《清影集》编入我二〇一一至二〇一二年间发表的部分文字。

“清”者，清正、清新、清俊之意。当年杜工部赞美李太白，有“清新庾开府，俊逸鲍参军”句，即李白其人其诗，意境清新如庾信，神采飘逸似鲍照。本书所论及的中国现代文学史上诸位作家，自胡适之以降，也都翩翩清影，文采斐然，故名之曰“清影集”。

读者当不难发现，本书仍延续我研究中国现代文学史的一贯思路，有发掘，有考证，有评论，还有回忆，尽可能提供一些新史料，新视角。全书既不发高论，也不追新潮，只求实实在在，言之有物。

值得注意的是，这本小书的版式和装帧。中式繁体字竖排，西式羊皮精装，而且开本别致，可谓中西合璧。读者阅读之初可能会不大适应，相信很快

就会喜欢的，因为这确是一个颇为有趣的尝试。

感谢促成本书出版的岳麓书社曾德明兄和“长沙二杨”：杨小洲兄和杨云辉兄。

二〇一三年五月四日于海上梅川书舍

（《清影集》即将由长沙岳麓书社出版）

《中国现代文学史实发微》楔子

一九七六年十月，对当代中国而言，是个极为重要的历史转折点，而在我个人生命史上，也是一个重要的时间节点。因为正是在这个月，我开始参与一九八一年版《鲁迅全集》的注释工作，从此踏上了从事中国现代文学史研究的漫漫长途。

从那时至今三十七个年头过去了，我的中国现代文学史研究仍处于现在进行时，未有尽期。我的学术兴趣，或者说我的偏嗜，侧重于现代文学史料的发掘、整理和考辨，尤其注意对中国现代文学史上一些长期被打入另册、鲜有人关注或是评价偏低的作家作品的重新探讨。因此，在鲁迅书信注释工作告一段落之后，我就把研究重点转向郁达夫、周作人、徐志摩、梁实秋、叶灵凤……一九八七年以后又开始致力于张爱玲生平和集外文的查考。其间有令人欣喜的发现，也有意想不到的困扰，但我矢

志不渝。

这部《中国现代文学史实发微》就是我研究中国现代文学史成果的精选集。限于篇幅，着重收入二〇〇〇年以来包括首次编集在内的考辨文字。读者也许会发现，我撰写研究心得，有话则长，无话则短，有几分证据就说几分话，绝不拖泥带水。而且，我所讨论的话题又大都并非宏观解析，而只是微观爬梳，所以书中长篇大论不多，短制小章不少，我想这没有什么不好。

当然，从本书应仍可把握我的中国现代文学史观。我力求以小见大，以个别反映一般，通过各种不同的个案，探幽烛微，对多元、丰富而又十分复杂的中国现代文学史作出新的阐释。至于我是否做到，做到了多少，则要有待读者评判了。

关于本书体例，需要说明的是，入选诸文均按研究对象生年先后编排，讨论日本画家竹久梦二与中国现代文学关系的一篇单列，讨论作者签名本和毛边本的两篇则置于书末。所有入选之文均于篇末注明最初发表出处。有些篇章有注释有些却没

有，也均一仍照旧，以存历史原貌。

虽然并非惜墨如金，我其实写得真不多，这很令我汗颜。承新加坡国立大学陈荣照先生不弃，嘱编选本书，向新加坡和其他海内外同好介绍我对中国现代文学史的考证和认知，这又是我所乐于从命，且深感荣幸的。感谢荣照先生，感谢出版本书的新加坡青年书局。期待读者的批评。

癸巳八月初一于海上梅川书舍

（《中国现代文学史实发微》即将由新加坡青年书局出版）

自画像二

我当过“孔乙己”

鲁迅先生笔下的孔乙己有一句名言：“窃书不能算偷……窃书！……读书人的事，能算偷么？”从此“孔乙己”成了“窃书”者的代名词。尽管“窃书”者被称为“雅贼”，毕竟还是属于鸡鸣狗盗辈的不光彩之事，为君子所不屑。然而，我当年也窃过书，而且自以为很勇敢，很光荣，至今不悔。

那是一九六七年冬天，“复课闹革命”虽已折腾了一阵，无书可读的可悲状况并无改观。说“无书可读”当然也不确切，“红宝书”、姚文元、戚本禹之流的“大批判”和“文革”社论集之类还是有的，但读来读去，实在乏味之极，无聊之至。作为高一的中学生，我那时求知欲特别强烈，与几位志趣相投的同学聚在一起，大家都深感无书可读的彷徨和苦闷，都极想找书，尤其是找“禁书”来读，哪怕冒一点风险也是值得的。

一日张君神秘兮兮地相告，学校教师宿舍楼三楼有个鲜为人知的图书馆书库，“文革”风暴骤起时就被封存了，里面应有许多“禁书”，不妨“自己动手，丰衣足食”。我听了大为高兴，但又觉得此事非同小可，一旦败露，后果不堪设想，应从长计议，精心策划后方能付诸实施。于是我俩又约上马君，他是根正苗红的“红卫兵”，正可为我们的“革命行动”壮胆。

随后接连半个多月，我们三人频繁出入这座宿舍楼，熟悉地形，设计撬门的种种方案和万一发生意外如何安全撤退，最后商定马君“望风”，张君“开门”，我则担负进库“选书”的重任。

我们就读的继光中学原名麦伦中学，是所著名的教会中学，一九九九年度过了它的百年诞辰，马叙伦、沈体兰、魏金枝等现代文化名人都曾在该校留下他们的足迹，该校图书馆的藏书经多年积累而十分丰富也就可想而知了。当我破门而入，站在一排排满架的“封资修大毒草”前，眼睛不禁为之一亮，真的有阿里巴巴入宝山的惊喜之感。怀着紧张

不安的心情，凭着有限的中外文学知识，我尽可能地挑选久闻其名的欧美大作家的代表作，记得有《红与黑》、《欧也妮·葛朗台》、《高老头》、《嘉尔曼》、《一生》、《约翰·克利斯朵夫》、《简爱》、《傲慢与偏见》、《德伯家的苔丝》、《少年维特之烦恼》、《欧根·奥涅金》、《当代英雄》、《前夜》、《罗亭》、《白痴》、《罪与罚》、《怎么办?》、《安娜·卡列尼娜》、《战争与和平》、《复活》、《红字》、《珍妮姑娘》、《嘉莉妹妹》、《草叶集选》、《牛虻》、《贝多芬传》……还有“三言两拍”、《孽海花》、《子夜》、《家》、《春》、《秋》……大部分书还是崭新的，有的还是民国时期的初版本，好像从未出借过，均一一被我取下书架，分给张、马二君携出。

由于那时正值隆冬，三人御寒的棉袄或大衣里面正可大量藏书，出入校门竟然堂而皇之，如入无人之境，真是天助我也。起先只敢一天一次，后来胆子越来越大，一天搬运数次，满载而归。其间也曾发生过一次意外，我们三人的“革命行动”无意中被住在二楼的一位物理老师的儿子发觉了，幸好张

君临危不慌，软硬兼施稳住了这位初中生，他还一度成了我们的“同党”。

就这样，我们三个“孔乙己”先后从继光中学图书馆“窃”得大批中外文学名著，总共约二百余册，这在当时是一笔多么巨大又多么来之不易的精神食粮啊！从六十年代末到七十年代初，这些书在我们的同学好友中暗暗流传，不胫而走，又伴随着我们“上山下乡”，在不知多少个一灯如豆的夜晚偷偷阅读，成为我在那个精神饥荒的年代最好最可靠的启蒙老师，而且与我后来走上文学研究和教学生涯有着直接的关联。

我至今还保存着这批文学名著中的好几本，有的已经失去封面封底，破旧不堪了，但我仍舍不得从自己的藏书中剔除。无论如何，它们是我在那个时代被迫当上“孔乙己”的纪念，也是我不自觉地反抗“文化大革命”也即文化专制的见证。今天我们已经有读不完的书，我当然不可能再去当“孔乙己”。但如果时光倒流，要我重新选择一次的话，我仍会毫不迟疑地去当“孔乙己”。因为在一个健康

正常的社会里，每个人都有自由读书的“天赋人权”，都有自主地接受人文和科学教育的“天赋人权”，一旦被侵犯了，被剥夺了，就应不惜一切代价，包括采取非常的手段去争取，去维护。选择不受约束和限制的读书，就是选择心灵的自由飞翔。

（原载二〇〇二年七月二十一日《上海新书报》）

生命里一段重要而美好的时光

已经记不起最早踏进徐家汇藏书楼的日期了，这也难怪，三十多年前的事，怎么可能记得一清二楚？虽然有人有禀赋惊人的记忆力，我却没有，没有就没有。但是，值得庆幸的是，我真切地记得为什么会与这所于我而言是有特殊意义的四层小楼结下不解之缘。

与毗邻的尖塔高耸的徐家汇大教堂相比，藏书楼只能算作小楼，而且它原本是隶属于大教堂的，是教会图书馆，只是到了上个世纪五十年代以后，才成为上海图书馆的一部分，以收藏一九四九年以前出版的中外文图书、报刊而闻名遐迩。一九七六年十月以后，我参加了《鲁迅全集》书信部分的注释工作，到藏书楼查阅上个世纪三十年代的报刊就成了我每周必做的功课。

那时进藏书楼可不是闹着玩的，是必须要有单

位介绍信的。注释《鲁迅全集》虽还不是金字招牌，倒也畅通无阻。底层的阅览室古色古香，长形的深褐色阅览桌在别的图书馆很少能见到，灯光柔和，气氛安静，往往安静得只能听见读者翻阅旧报纸纸页的窸窸声，旧报刊的纸张发黄发脆，翻阅之后往往留下一小丛纸屑。我每天早上八时半进藏书楼，埋头苦读、摘抄，到下午四时半走出藏书楼时，已是夕阳西下时分了，中国现代文学史的精彩画卷就这样慢慢地在我眼前展开、鲜活。

在藏书楼阅览，心情最紧张的是填写了索书单，等待工作人员取出报刊那段时间，因为也许得到的回答是令我失望的“没有”！最高兴的当然莫过于意外地发现了作家佚文的那些时刻。当在上海圣玛利亚女校《国光》上找出张爱玲中学时的习作时，我兴奋得快要跳起来了！时间长了，与藏书楼的工作人员熟络起来，可以聊聊天开开玩笑，有的后来还成为志同道合的挚友。随着时光的流逝，有几位给过我帮助的工作人员已经谢世了，思之怆然。

藏书楼中午一小时的休息时间经常是这样打发的，到附近的大街小巷寻找小吃果腹。那时小吃摊也真多，牛肉汤面（不是现在千篇一律的兰州拉面）、阳春面、羌饼或老虎脚爪加油豆腐线粉汤……现在回想起来仍馋涎欲滴！那时的徐家汇像个小市镇，根本不能与今天的高楼林立、喧闹繁华相比，饭后在街头晒晒太阳散散步，有时踱进新华书店转一圈，也是不错的调节。

而今藏书楼已经修缮一新，专门收藏珍稀的外文书刊。一年多前去藏书楼参观友人画展，发现熟悉的底层阅览室已经改为展览厅，不免若有所失。但转而一想，藏书楼不是仍然屹立在那里吗？它在我心目中永远是生命里一段重要而美好的时光，大可不必再怀旧伤感了。

（原载二〇〇九年八月上海《壹周悦读》创刊号）

京华购书漫记

暮春三月，旅京十日。公干之余，遍逛大小书店，以寻觅自己喜爱的新旧书为乐。

诚然，当年吸引我的王府井新华书店已不复存在，三联书店的门市部又在装修，我只能先到商务、人民和人民文学三大出版社的门市部去搜罗，于是得新出版的《不轨之举——意大利文艺复兴时期的一位修女》（商务）和《吴宓自编年谱》（三联）。前者系美国学者 Judith C.Brown 关于意大利文艺复兴时期女同性恋的史学作品专著，文笔之生动，完全可以当作文学作品来读；后者系二十年代“学衡”派代表人物吴宓一八九四至一九二五年的自编年谱，提供了大量鲜为人知的文学和文化史资料。但人民文学社新出的中篇小说《露沙的路》（韦君宜著）和《海子的诗》（西川编），则是在别家书店购得的，《露沙的路》以四十年代延安“抢救运动”为题材，为

国内首部涉及中共党史这一敏感问题的文学作品，真实感人。海子自尽曾震动海内外诗坛，《海子的诗》汇集了作者流传最广、最具影响的抒情短诗，有一种刀劈斧砍的力量。

随后光顾的是北京大学附近刚开张的风入松书店，该店像香港的“天地”书店一样位于“地下”，面积之大，恐为京城专业书店之冠；装潢之典雅，也使读书人感到意外的欣喜。国内近年出版的学术书籍在这里大都能够见到，而且全部开架，挑选方便。《民国学术经典文库》（东方）第一批新书已在店堂显著位置陈列，颇有声势。而我最中意的书是刚上架的钱锺书《石语》（中国社科），这份钱锺书一九三五年跟清末民初著名诗人学者陈石遗的谈话记录，虽然薄薄不到五十页，但月旦当时文人的文章、言行、逸事，妙语连珠，十分精彩。我在风入松还买到了找寻已久的《国故新知论——学衡派文化论著辑要》（中国广播电视）和《莱曼女性文化书系》（作家）中的三种：《颠踬窄路行——世纪初女性的处境与写作》（刘纳著）、《西方文化与现代中国妇女

观》(黄乔生著)和《镜城突围:女性·电影·文学》(戴锦华著),这套丛书是国内文化人对东方妇女生存历史和现状、文化历史和现状的一次透视,无论在史料还是理性思考上,都给读者带来一种新奇和愉悦。此外,《世纪文章的冲撞——王蒙现象争鸣录》(丁东编,光明日报)系一九九三年以来国内文化界围绕王蒙《躲避崇高》和"人文精神"等几次争论各家之说的汇编,资料搜集齐全,也非买不可。

同样设在北大附近,另一家以经营学术文化书籍著称的万圣书园就较为偏僻,好不容易才找到。尽管店面局促,在重重叠叠的书山中来回选书,颇感拥挤,大有香港旺角一带二楼小书店的况味,但店堂里不断播放优雅的巴洛克音乐,新书好书又甚多,我的收获也不小。计有《"人"与"鬼"的纠葛——鲁迅小说论析》(丸尾常喜著,人民文学)、《巴金的世界》(山口守、坂井洋史合著,东方)、《文学接受与文化过滤——中国对法国象征主义诗歌的接受》(金丝燕著,中国人大)等,前两种是日本学者研究鲁迅、巴金的最新成果,后者是"海外中国博

士文丛”之一，均为厚重扎实，富于创见的学术专著。至于“〇”艺术工程丛书之一的《透视》（国际文化）和“星座学术文丛”之一的《流亡与栖居》（燕山）两书，是对国内先锋派文学和前卫文化评论的最新检阅，文采斐然，也引起了我的兴趣。

为求发展，万圣已在市中心的北京音乐厅租下宽敞的四楼作为新门市部，我在京时适逢开张典礼，却因临时有事未能躬逢其盛。第二天赶去喜得《陈寅恪的最后二十年》（陆键东著，三联）。这是近年国内难得一见的好书，三月份上海文汇书展上就被抢购一空。作者以大量新发掘的档案资料，证之以陈寅恪本人的诗词和门生友朋的回忆，对这位名誉中外的大学者最后二十年的学术和心路历程作了系统梳理，对陈寅恪终生服膺的“自由之意志，独立之精神”作了较为深入的诠释，于悲凉沉重中给人以深刻的启示。在京时还见到了新问世的《冯友兰学记》（三联）、《钱穆与七房桥世界》（郑尔麟著，社科文献）和《洪业传》（陈毓贤著，北京大学）等书，传主在本世纪中国学术文化史上都声名赫赫，作为

学术传记，这些著作既有一定思想深度，又文情并茂，很值得一读。

限于时间，新兴的海淀图书城只能过门不入，留待下次再来。然而历史悠久、驰名中外的琉璃厂却不能不去，逛北京书店，不到琉璃厂是不可思议的事。只是分别三年，海王村已物是人非，乘兴而来，空手而归。倒是在古籍书店无意中寻出台湾女作家林海音公公夏枝巢民国三十二年在北京印行的《枝巢四述》线装本，书前有周作人序，为拙编《周作人集外文》（海南国际新闻出版中心）所漏收，很难得，当即购下。新出版的《纳兰词笺注》（上海古籍）因沪上已售缺，也就在这里补购之。到了中国书店的新门市部，又在一堆旧书中翻出一本胡适题签并作序、钱玄同、黎锦熙作跋、章衣萍标点的南宋词人朱淑真的《樵歌》，古色古香，价虽不菲，仍予购下，与《枝巢四述》一起作为此次逛琉璃厂的纪念。

离京前，先是由京中一位青年爱书人陪同，后是与从台湾来的藏书家吴兴文兄结伴又两次到劲松小区的潘家园“星期天旧货市场”去觅宝。潘家

园集市主要是古玩字画，铺天盖地，真伪混杂。我感兴趣的是其中的古旧书区，从三十年代的旧刊到“文革”时期的“红宝书”，从五十年代的“工作汇报”到六十年代的粮票布票，应有尽有，无奇不有。据说有人在这里淘到过蔡元培“五四”时期的亲笔信和卞之琳翻译的莎士比亚原稿，我没有这样的好运气，仅见到两位当代作家刘湛秋和孟伟哉八十年代初的文稿数份。但第一天淘到香港著名经济学家张五常的《卖柑者言》（一九八四年十一月信报有限公司初版本）完好如新，第二天又淘到周作人译《古事记》（一九六三年二月人民文学出版社初版本），书品也尚可，总算小有所得，不虚此行了。

（原载一九九六年五月香港《读书人》第十五期）

在“神州”觅旧书

欧阳先生是香港神州图书公司的老板。说“公司”其实只是夫妻店，我到“神州”那么多次，除了偶尔见到他的夫人值班，其他时间都是欧阳先生亲自坐在门口接待读者。店中除了一位专事复印资料的“打工”青年，别无他人，用内地的说法，“神州”是典型的“个体书店”。

香港的书店也真多，不管什么书都能买到，与三十年代的旧上海颇有几分相似。但我最为中意的不是漂亮宽敞的商务、三联、天地等大书店，而是那些富有个性的旧书铺和小书摊。犹记一九九〇年初首次到港，由有名的藏书家方先生热心引领，一天之内，马不停蹄，从港岛到九龙，竟跑了十多家大小旧书店，弄得两手乌黑，连中饭都顾不上吃。就是在那次闪电式的访书中，我结识了欧阳先生。

那时的“神州”位于中环士丹利街三十二号阁

楼，闹中取静，与在香港几乎无人不晓的陆羽茶室仅数步之遥。但“神州”太小了，毫不起眼，不走到门口是无法发现的。读者登上十几级小楼梯，推开一扇玻璃小门，才能进入“神州”的书香天地。在二十多平方米极为有限的空间里，“神州”的旧书重重叠叠，书架直顶着天花板，读者要翻阅最上层的书，必须借助梯子爬上爬下。在靠近入口的书架上悬挂着一副对联：“旧书细读多犹味，佳客能来不费招。”虽然比不上九龙另一家享有盛名的波文书局店堂里的对联“远求海内单行本，快读人间未见书”气派大，倒也使人感到亲切温馨。

欧阳先生与读者一见如故。熟悉的老读者来了，还会冲上一杯浓茶或咖啡，与你聊几句家常，再请你选书。三年后我又到香港中文大学访学，抵港的第二天傍晚就到“神州”旧地重游，没想到欧阳先生还认识我。也许我是他老主顾方先生的朋友，也许我来自内地大学，他对我很客气，凡我选购的书，一律按书后标价的七折优惠，总价还可去掉零头。从此以后，我每周总要去“神州”淘书两三回，留连

忘返，成了“神州”的常客。

“神州”以供应文史哲旧书为主，古今中外，品种十分丰富。看着不同历史时期、不同文化背景、不同政治倾向和不同艺术成就的作家作品混杂排列在一起，我常常有时光倒错的奇异感觉。无论它们曾经产生过多大的影响，有过怎样的曲折经历，而今都静悄悄地等待着有心人的发掘。当然，“神州”的旧书极少复本，那就要看哪位读者与好书有缘，捷足先登了。我有幸买到过武侠小说大师金庸的旧藏和香港另一位有名的藏书家黄俊东的旧藏。前者是上官牧的小说《大漠恩仇记》（香港大公书局初版），扉页上有作者题签：“良镛兄指正　弟阳申敬赠 1953.6.9”；后者是徐葆炎译王尔德《莎乐美》（一九二七年光华书局初版毛边本），扉页上有黄先生的亲笔签名。当我把书带给黄先生看时，他也大感意外。我还买到过台湾著名诗人余光中的早期诗集《万圣节》（一九六〇年台北蓝星诗社初版），前年余先生到苏州大学开会，我请他在书上签名，他很惊讶，连问你怎么会有这本书，原来即使在台湾，

《万圣节》也早已绝版，可遇而不可求了。

与欧阳先生熟了以后，我又得寸进尺，开出一长串书单请他为我配书。他二话没说，多次亲自到书库里为我翻找。周作人《知堂乙酉文编》初版本，张爱玲译《爱默森文集》初版本，聂绀弩的新诗集《元旦》，郑子瑜编《达夫诗词集》再版增订本，史学家、旧体诗人周策纵的新诗集《海燕》，四十年代香港作家平可的代表作《山远水长》，全套《海光文艺》和《文艺伴侣》杂志，以及徐讦、曹聚仁作品的许多初版本等内地无法见到的书刊，就是这样让我觅得的。那段时间里，我每次到“神州”总会有意外的惊喜，欧阳先生总是笑嘻嘻地说：“又找到几本，你看看吧。”有的书我翻了半天，最后决定不买，或是请他暂时保留，让我再考虑取舍，他也不以为忤，一口答应。

欧阳先生受过高等教育，默默无闻地从事旧书业多年。每次与他见面，我总会想起金耀基的名篇《剑桥一书贾》中的台维先生。欧阳先生像台维当年开办剑桥旧书摊一样，辛苦地守护着“神州”，爱

书、敬书，乐于把书的信息、书的尊严、书的快乐传递给远至欧美日本、近到香港本地的读书人。他也从不利用读书人“溺书”、“迷书”的心理“弱点”，即使是名家签名本，也不加价，蝇头微利，惨淡经营。读书人遇到这样以保存和传播文化为己任的旧书店主，真是有福了。

前不久读到黄俊东先生的《逛旧书店的乐趣》，始知香港“老字号旧书店神州已经悄悄地搬走了，有人还以为它已不存在”。我想我应该赶快写信给已移居澳洲的黄先生，打听“神州”的新址。下次如有机会重到香港，一定要再造访新“神州”，问一声“欧阳先生，别来无恙?”相信他又会笑嘻嘻地捧出一大堆旧书让我挑选……

（原载一九九六年十一月二十五日上海《新民晚报·夜光杯》）

在东京读书目

赴日前夕去看施蛰存先生，他老人家要我到东京后为他找一些新的西文书目。因为二三十年代东京的丸善等大书店定期出版西文书目，新旧书都有，他据此选购了不少英法文学名著，受益匪浅。而今年过九十，不可能再去买西文书了，但翻翻印制得很漂亮的书目，仍是一种难得的乐趣。

施先生的嘱托我自然不敢怠慢，一到东京都立大学就向接待我的平井博教授询问，答复却使我大失所望。创建于明治二年（一八六九年）的日本最大的西文书店丸善书店近年因新书目已经“上网”，不再印行书本式的书目了。后来好不容易找到一种京都北山书店的英文书目，却极简易，没有特色。但平井兄热情推荐了许多中日文的新旧书目，沉甸甸的，拎回住所，一连几个晚上翻阅，竟读出许多名堂来。

原来日本的书店，只要稍具规模的，都定期或不定期印行书目，以供读者选购之便。新书店有新书目，旧书店有旧书目，也有新旧混杂的。与中国有特殊渊源的内山书店的《中国图书》，执日本销售中国文史哲新书牛耳的东方书店的《东方》，则又是书目加书评的杂志了。拙编知堂老人的《饭后随笔》就有幸被《东方》评介过。但最吸引人的还是旧书店的书目，像著名的琳琅阁、一诚堂、东阳堂、庆文堂等书店的书目，每期都是厚厚的一大册，印制精美典雅，书目前又有历代孤本善本书影，名家手稿字画照片，少则四五页，多则二十几页，甚至彩色制版，美轮美奂，使像我这样的书迷大饱眼福。有必要补充一句的是，这些书目绝大部分都是非卖品，向高校、图书馆、学术机构和专家学者赠阅，平井兄就说他每个月都要收到一大批书目。书店的目的再清楚不过，说得好听一点是“为书找读者，为读者找书”，说得不好听一点是招徕顾客，“愿者上钩”。不过这些书目有不少本身已经是具有专门版本知识的高水平的印刷品，从中大可玩味当今日本

汉籍的流向，日本学者的兴趣，很值得研究、欣赏和收藏。

位于号称世界最大古旧书区神田神保町的东城书店，在最新版的《97—98年东京书店指南》中还榜上无名，但该店的书目却令人刮目相看。一年四期，到今年十月出满八十期。我把近三年来的“东城”书目细读一遍，有许多意想不到的发现。该书目分类很讲究，单是中文书就包括线装本（含日本、朝鲜刻本）和平装本两大类，琳琅满目。由于我是搞现代文学的，对这方面的初版本和罕见本就特别注意。茅盾《子夜》救国出版社版、周作人《瓜豆集》初版本、沈从文《边城》初版本、朱光潜《孟实文钞》初版本、钱稻孙译《日本诗歌选》等虽索价不菲，仍一上书目即被人捷足先登，毕奂午的《掘金记》因较冷僻，国内也未见文学史家提及，因而索价低廉，在书目上连登三期后也被人觅去。而鲁迅、西谛（郑振铎）合编的《北平笺谱》当年仅限印一百部，编号第六十五的一部为“城户文库”旧藏，首次出现在去年七月第七十五期“东城”书目上，索价五十八万

日元之巨，真是“物以稀为贵”。第七十六期书目重刊，说明此书尚未找到买主，但到第七十七期书目终于消失。可见日本文化界识宝者还是大有人在。

使我吃惊不小的是，今年四月的第七十八期“东城”书目上刊出鲁迅书简一通，手迹还制了版。此信原为日文，中译如下：“老板：《社会日报》载：‘文求堂出版的《聊斋志异列传》已到内山书店。’确否？倘确，请买一册。L拜三月廿日。”乍读之下觉得很熟悉，一查《鲁迅全集》，果然是鲁迅一九三六年三月二十日写给内山完造的一张便条，是我一九七七年参加鲁迅书信注释时亲自注释的。万没想到整整二十年过去了，此信真迹又出现在“东城”书目上，被我再度“发现”，其在日本流传的过程一定很曲折。现在此信索价三十八万日元，以鲁迅在中国文坛的显赫地位和在日本文坛的重大影响，似也不过分。我已在其他书目上见识过日本近现代文学大家樋口一叶、夏目漱石、芥川龙之介、北原白秋、谷崎润一郎、与谢野晶子、荻原朔太郎、三岛由纪夫等人的手稿、书简或字画幅，动辄几十万，乃至

上百万的。但这通鲁迅书简应该回归故国的吧？犹记数年前鲁迅《言论自由的界限》等三篇杂文手稿被拍卖，新加坡一位实业家拍得后捐赠上海鲁迅纪念馆，一时传为美谈。幸好“东城”书目今年七月第七十九期上这通鲁迅书简还在，如果十月出版的第八十期书目上仍在，证明暂时还无人问津，国内有没有关心文化积累的企业界人士肯慷慨解囊呢？这比赞助歌星演唱会可要有意义得多了。

话扯远了，读书目读出这么些故实和感想来，也是始料未及。日本书店印制有学术和保存价值的书目，大概始于二十年代田中庆太郎的《文求堂书目》。这位与鲁迅、郁达夫、傅增湘、张元济等有过交往，为郭沫若出过《金文丛考》、《卜辞通纂考释》等书的文求堂主人的业绩早已载入了中日文化交流的史册，《文求堂书目》也已成了美国国会图书馆的珍藏。尽管经过关东大地震和二次大战的狂轰滥炸，日本的古旧书业幸而未受大的损失，印制书目的优良传统也保持了下来。目前虽然受到电脑“联网”的冲击，但我相信书本式的书目是不可能

全部淘汰的。这是一种文化的承继，一种人文的关怀，一种感情的寄托，不是冷冰冰的科技所能替代的。而我们经过“文革”浩劫，古书业萎缩不振，而今又因拍卖而人为炒作之风正盛，印制专供学人使用的这类书目更属无法实现的奢望，想想实在感慨系之。

（原载一九九七年十二月九日上海《新民晚报·夜光杯》）

东京淘书琐记

昔日读知堂老人的《东京的书店》，对东京颇有特色的旧书店，不禁心向往之。当然，时过境迁，今日的东京早已不是知堂老人那时的东京了，丸善书店与老人笔下所写的也已大不相同。但东京的书店仍然很多很多，大书店，小书店，新书店，旧书店，各式各样的专业书店、连销书店，仍足以让爱书人流连忘返。著名的神田神保町旧书街，更是号称世界最大旧书区，我第一次去，只走马观花逛了三家书店，整整一个下午就消磨掉了，而这条街上及其周围的新旧书店竟有近百家之多！因此，旅日半年，我每周至少一次去逛书店，每次都有所收获，现在回想起来，真是有意思。

我是从事中国现代文学研究的，我的搜书范围很明确，尽可能搜集与我专业有关，直接有关或间接相关的各种初版本、签名本和稀见书刊。在东京

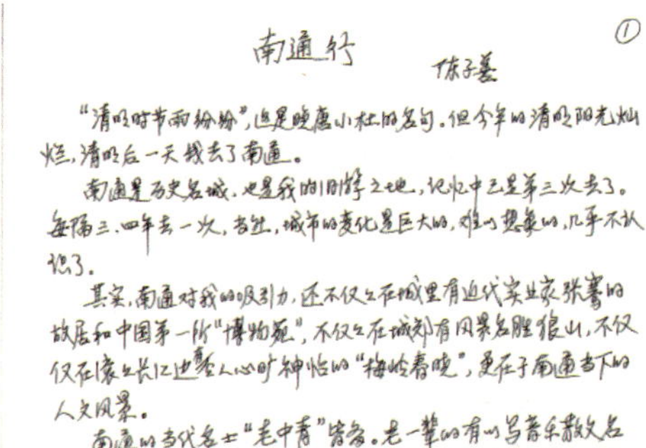
南通行 ①

陈子善

"清明时节雨纷纷",这是晚唐小杜的名句。但今年的清明阳光灿烂,清明后一天我去了南通。

南通是历史名城,也是我的旧游之地,记忆中已是第三次去了。每隔三、四年去一次,当然,城市的变化是巨大的,难以想象的,几乎不认识了。

其实,南通对我的吸引力,还不仅仅在城里有近代实业家张謇的故居和中国第一所"博物苑",不仅仅在城郊有风景名胜狼山,不仅仅在濠水长江边令人心旷神怡的"梅岭春晓",更在于南通当下的人文风景。

南通的当代名士"老中青"皆备。老一辈的有以写音乐散文名扬海内外的辛丰年先生,中年有研究新文学女作家凌叔华、林徽因的权威陈学勇兄,青年则有以弘扬古琴为己任的严晓星弟。我到南通当晚,就应邀出席晓星弟精心安排的古琴聆赏会,听到了"梅庵乐派"第五代传人袁华弹奏的《关山月》、《长门怨》等古曲,琴声时而轻柔,时而急切,却都努力营造一种恬淡悠远的意境,令人陶醉。

此次南通行的主要任务是参加"《毛边书情调》首发品评会暨'毛边书与新文学'主题研讨会",研讨会的名称实在有点长,恐怕大部分与会代表都记不住。但也正因为此,研讨会内容丰富多采,讨论的问题既别致又重要,既小众又大众。

"毛边书"者,书本除书脊外,另三边不切光之称谓也。书爱家称誉毛边书有"参差的美"、"错综的美"。这毛边书与藏书票

陈子善《南通行》手稿第一页

《遗落的明珠》，
初版，平装本

《中国现代文学侧影》，
初版，平装本

《捞针集——陈子善书话》，初版，平装本

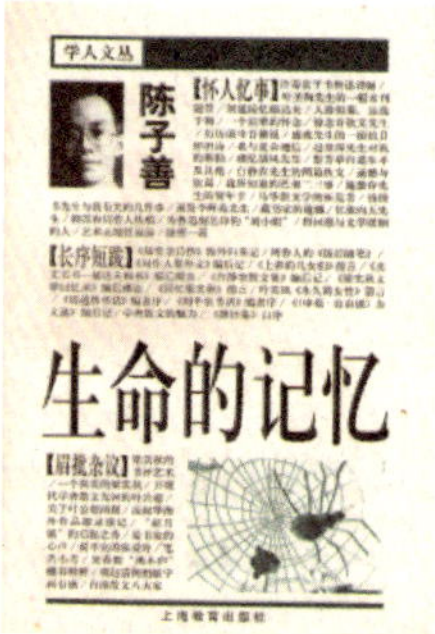

《生命的记忆》，初版，平装本

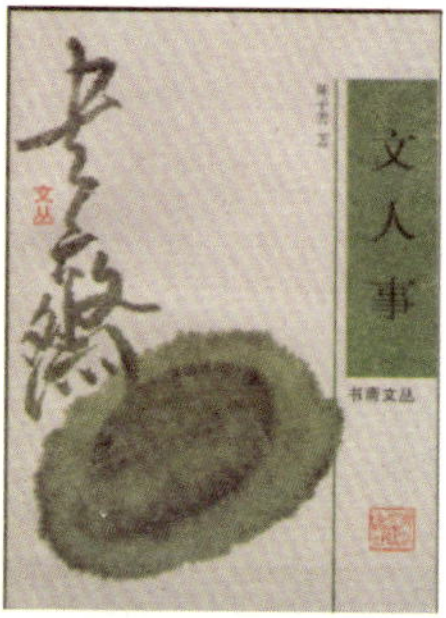

《文人事》，初版，平装本

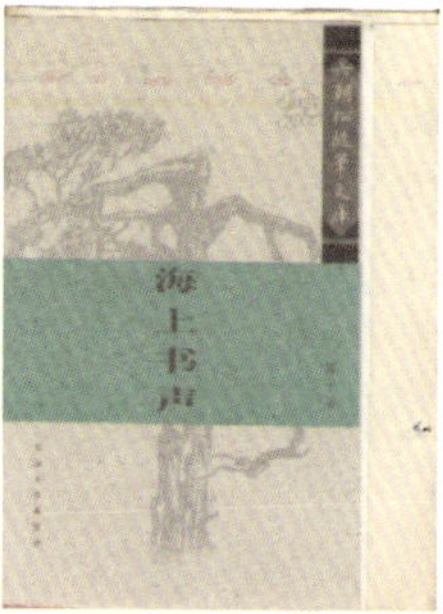

《海上书声》，初版，平装毛边本

《陈子善序跋》，初版，平装毛边本

《发现的愉悦》，初版，平装毛边本

《探幽途中》，初版，平装毛边本

《说不尽的张爱玲》（增订本），初版，平装本

《迪昔辰光格上海》，初版，平装毛边本

《上海的美丽时光》（台湾秀威版），初版，平装本

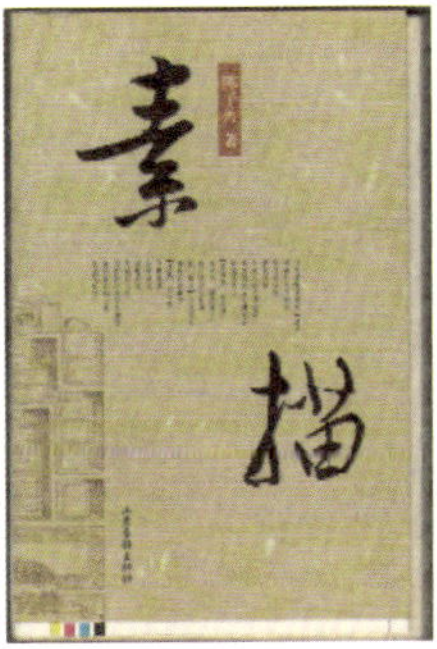

《素描》，初版，平装毛边本

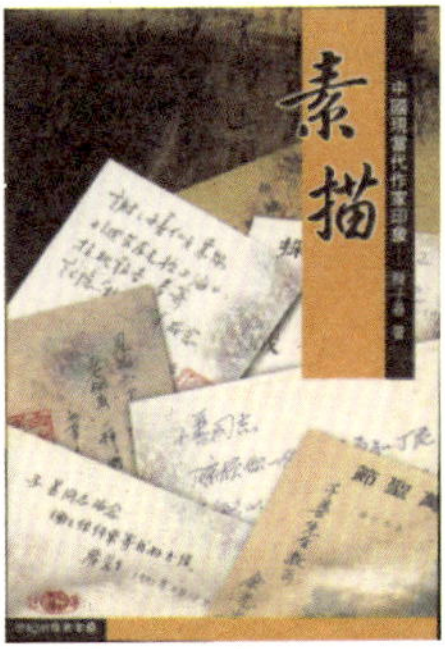

《素描》（台湾秀威版），初版，平装本

《这些人，这些书》，初版，平装毛边本

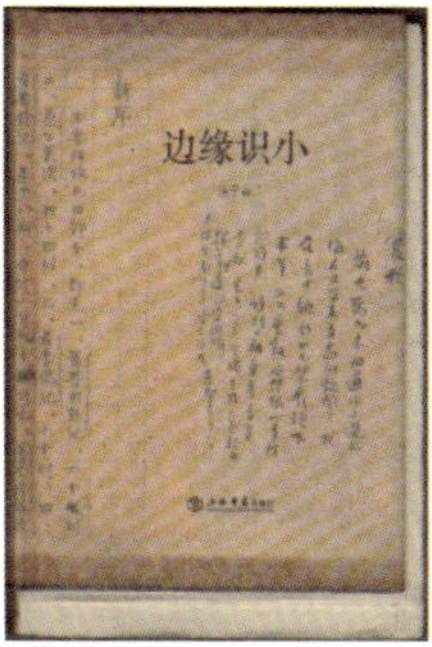

《边缘识小》，初版，精装毛边本

《看张及其他》，初版，
精装本

《研读张爱玲长短录》，初版，
平装本

《梅川书舍札记》，初版，精装本（非卖品）

《梅川书舍札记》（增订本），初版，绛色精装本

《梅川书舍札记》（增订本），初版，绿色精装毛边本

《雅集》，初版，精装毛边本

《沉香谭屑》（香港牛津版），初版，平装毛边本

《沉香谭屑》（上海书店版），初版，平装毛边本

《不日记》，初版，精装毛边本

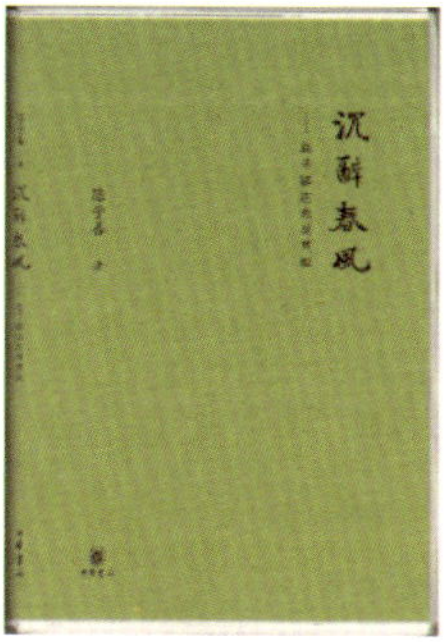

《沉醉春风》，初版，平装毛边本

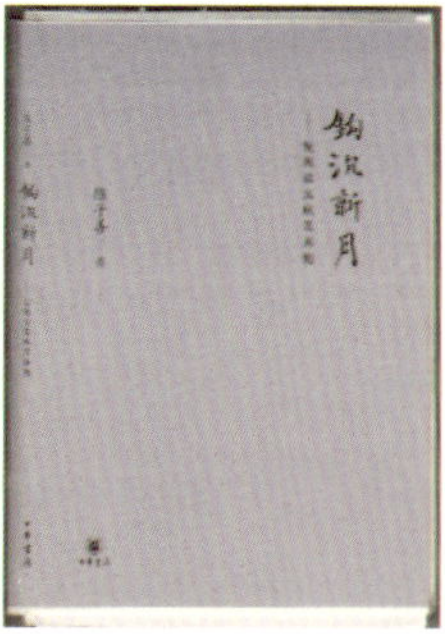

《钩沉新月》，初版，平装毛边本

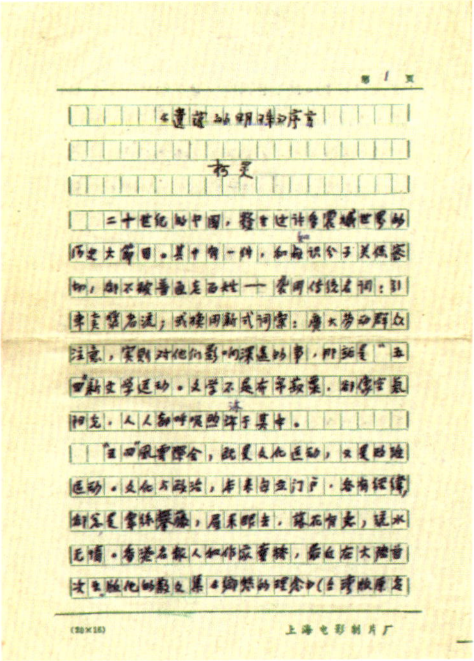

柯灵《遗落的明珠》序言手稿第一页

有时也能见到明清刻本,包括珍贵的善本,和刻本和高丽刻本更是多得不计其数,单是翻翻各大小旧书店的古籍书目就令人眼花缭乱了。但一则古籍线装书不属于我的搜书范围,二则书价之昂令人咋舌,所以我也就不去问津了,本文所谈,只能以我的搜书范围为限。

大名鼎鼎的内山书店现在主要出售大陆和台港版的文史哲新书,旧书已难见踪影,我光顾多次,终于"皇天不负有心人",淘到了两本旧书。一是一九三七年六月上海三闲书屋初版《鲁迅书简》影印丙种本(胶布书脊本),完好如新,而且可通过我所访学的东京都立大学图书馆以标价的八折购买;二是在该店的特价部无意中挖出一本一九三六年三月东京文求堂初版,鲁迅当年曾购置的《聊斋志异外书磨难曲》,都毫不犹豫地购下了。在另一家与内山书店齐名的东方书店,我没有遇上这样的好运气,只得到一本《留东外史》初版影印本。《留东外史》近年国内已重印,但有所删节,以区区百元日元之价买到未作删改的影印本,也算是物

有所值了。

东京另有一家台湾人开设的东丰书店，颇有名气，日本许多教授常来此店访书。但店堂狭小，台港版旧书堆积如山，读者置身其间，随时有被书倒下来砸伤的危险。尽管如此，我还是去了数次，淘到我感兴趣的《采访新记》（曹聚仁著，一九五六年一月香港创垦出版社初版）、《旅人小记》（殷海光著，一九八〇年一月台湾水牛出版社再版）和《浪漫的与古典的》（梁实秋著，一九八〇年四月台湾大林出版社重排再版本，有梁实秋的新序）等，特别是已故台湾大学外文系教授侯健的《从文学革命到革命文学》（一九七四年十二月台湾中外文学月刊社初版）一书，我久觅不获，托台湾友人代找也未果，却在东丰书店检得，快何如之。此书中《梅光迪、吴宓与学衡派的思想与主张》颇有见地，比我们这里重评吴宓早了整整二十年！店主简先生与我一见如故，还邀请我到“居酒屋”去喝了一次日本清酒，这也算是在东京淘书的奇遇之一。

不过，许多日本人开设的旧书店没有门市部，

只定期向读者寄发书目，读者根据书目向书店邮购。由于书目所列大都仅有一本，以至读者稍一迟疑，所需之书往往就会被他人捷足所得。有一次，我在一家旧书店书目上见到日本平凡社八十年代初出版的图文集《书之美》，这是研究日本近代文学装帧的必备书，印制十分精美。我对中国现代文学装帧受日本影响这个题目甚感兴趣，早就想得到这本《书之美》以为参考，但书目上之索价高出原价一倍，犹豫再三，待到下决心去电邮购，却已售出了，失之交臂，至今犹感怅怅。但我毕竟通过东城书店、鹤本书店等几家有名的邮购书店入手数种我所喜爱的书，计有：

鲁迅《呐喊》，一九二九年四月北新书局第十二版毛边本；《彷徨》，一九三〇年一月北新书局第八版毛边本。两书书品甚佳，前者的毛边尚未裁开。鲁迅这两部小说名著的艺术价值自不必在此饶舌，就版本价值而言，当然也是初版本为最，但因鲁迅著作版本复杂，现在若想搜齐《呐喊》和《彷徨》的各种版本已无可能，能得手较早且较好的

版本也就心满意足了。何况《呐喊》这一版是改版抽出《不周山》之前的最后一版，也还是值得收藏的。

林语堂《大荒集》线装上、下册，一九三四年六月生活书店初版本。这是林语堂的杂文代表作，虽然近年已有影印本和重排本问世，能得到线装初版本仍属难得。记得八十年代中期在上海旧书店的一次书展上曾见到《大荒集》初版本下册，因不成全璧而未购，此次终于如愿以偿。有必要补充一句的是，新文学作家的线装作品集，以诗集为多，散文集就我所见到的，就只有《大荒集》、章克标的《文坛登龙术》、俞平伯的《燕知草》和徐志摩的《爱眉小扎》数种而已。

俞平伯的《杂拌儿之二》，一九三三年二月开明书店初版本。我对俞平伯凝练平正的散文本来就很欣赏，这本《杂拌儿之二》被知堂老人誉为“文词雅致”和“思想之美”兼而有之，书品又那么好，“疑古玄同”题写的书名就古色古香，惹人遐思，能在东京得到，也堪称幸事。

张资平《不平衡的偶力》，一九二七年四月商务印书馆再版精装本（中华学艺社文学丛书之三）。张资平的小说在现代文学史上褒贬不一，而从版本学的角度考察，他的书既杂且乱，国内图书馆所藏大都破烂不堪，能找到这样一本有精美插图的张资平早期代表作的精装本，殊出意料。

叶绍钧《倪焕之》，一九三二年七月开明书店第四版精装本。这部现代文学史上的名著初版于一九三〇年八月，不到二年就重印四次，可见很受欢迎。从这个意义上讲，除了初版本，再版本和历次重印本也不是毫无价值的。实际情形是，现代文学史上许多著作的初版本还不难找，而要弄清其版本源流，最后一版是何时印刷的，反而难上加难，目前只有鲁迅一人才出版了《著译版本研究编目》，其他所有作家都是空白。这本第四版的《倪焕之》书品也不错，书脊上的烫金书名还清晰可见呢。

高罗佩藏《北京黑幕大观》，不幸我生喋喋著，共六册，小三十二开本，一九一八年六月上海广文

书局初版。这部书乍看书名，我还以为是笔记体，其实不然，这是一部六卷三十回的章回体小说，是一部揭露清末民初北京政坛黑幕的政治小说。它在当时五花八门的章回体小说中不算很有名，但还值得研究，作者“不幸我生喋喋”是谁？就值得考证探究。这部书原是东京都立人学教授平井博先生邮购的，我拿来一看，发现每册目录页右下角均钤有“高罗佩藏”阳文藏书印，这不是荷兰著名汉学家、《中国古代房内考》作者高罗佩的旧藏吗？我不禁惊喜交加。高罗佩还曾以公案小说《狄公案》名世，他收藏《北京黑幕大观》也就在情理之中了。我以前只知道长期担任驻日大使的高罗佩逝世以后，他的藏书已捐赠荷兰莱顿大学汉学研究中心图书馆，没想到还有藏书流散在外。日本旧书店的老板都精通版本目录之学，一旦发现签名本和名家藏本，书价立即飙升。我在东京的旧书店见过川端康成、谷崎润一郎、三岛由纪夫和安部公房等日本大作家的签名本，还见到 T.S.艾略特的签名本，都是天价。这部高罗佩旧藏，所幸旧书店主不知道

Robort Hars Van Gulik 的中文名是高罗佩，以致成漏网之鱼，否则这部书的书价起码要比现价高出三、四倍。平井博教授见我爱不释手，慨然相让，使我的东京淘书增添了光彩的一笔。

除此之外，东京好几家大百货公司每年都要举行定期的旧书集市，成为东京一道诱人的文化景观。我曾在早稻田大学附近的一家百货公司的春季旧书集市上以二百日元的超低价觅得黄裳的散文集《〈西厢记〉与〈白蛇传〉》（一九五三年七月平明出版社初版），还在一大堆乱七八糟的日文书中翻出一本张爱玲前夫胡兰成的《心经随喜》（一九六七年四月日本“筑波山梅田开拓筵”发行）签名本，也都是意想不到的收获。

我在东京淘书最得意之笔是为上海鲁迅纪念馆觅到鲁迅一九三六年三月二十日致内山完造的亲笔信一通，此事我已另有专文记述，这里就不多说了。

东京淘书其乐无穷，下次如再到东京，一定会再去逛新旧书店，也一定会据书目邮购旧书，说不

定又会有令人惊喜的发现。

一九九八年七月十五日急就

（原载一九九九年四月济南齐鲁书社初版《藏书家》第一辑）

从剑桥到伦敦

——中国作家签名本寻踪

作家签名本，可遇而不可求，历来是研究作家交游的宝贵资料，探究作家心迹的重要依据，因而为藏书家所珍爱，也为图书馆所重视。我此番到剑桥大学访学，目的之一就是要亲眼看一看徐志摩题赠英国著名学者狄更生的《唐诗别裁集》，因为我虽已写了《徐志摩佚诗与狄更生》，毕竟耳闻为虚，眼见才为实。

到剑桥的第五天，阳光明媚，连日阴雨引起的压抑心情为之一扫，由三一学院苏文瑜院士陪同，我专程拜访大学图书馆中文部艾超世主任。寒暄一番之后，我直奔主题，提出查阅清康熙五十六年碧梧书屋刻本《唐诗别裁集》。没想到说得一口流利中文的艾先生哈哈大笑，原来此书已被他发现有徐志摩题字，移入珍本书库了。承他美意，我们

得以入库一睹此书芳容。这部《唐诗别裁集》线装六册二函，翻开第一册，徐志摩的亲笔题字赫然在矣：

书虽凋蠹，实我家藏，客居无以为赆，幸先生莞尔纳此，荣宠深矣　徐志摩敬奉　十年十一月　剑桥

徐志摩后来提到他的精神故乡剑桥，都写的是"康桥"，如他的脍炙人口的名诗《再别康桥》，但这一次明明白白写的是"剑桥"。题字右上和左下角各钤有"志摩"阴文印一方。在徐志摩题字前一页，又有狄更生用钢笔写下的一段话：

This I want to go to the University Library, if they care to have it. If not, to Arthur Waley.

译成中文，意即："我把这部书送给大学图书馆，如果他们乐于接受的话。否则，就转送阿瑟·韦理。"书中又夹有"门生徐元葢"名片一帧和"廿二日恭却主宾"手迹一份，想必都是徐家旧物。

查剑桥大学图书馆印记，这部《唐诗别裁集》是

一九三二年八月三日入藏的，正是狄更生去世的那一年。也就是说，狄更生自知来日无多，生前把藏书作了安排，如果图书馆不愿接受徐志摩题签的《唐诗别裁集》，就拟转赠以翻译《诗经》和唐诗闻名海内外，并与徐志摩也有不少交往的汉学家韦理。然而，剑桥图书馆还是识宝的，大名鼎鼎的韦理没有得到这份幸运。我后来在伦敦大学亚非学院图书馆里见到萧乾《小树叶》商务印书馆初版本，上面有作者的题字："给 Mr. Waley　萧乾 1940.5.28 剑桥"，韦理到底还是得到了另一位中国现代作家的签名本。记得董桥曾在他的散文中提到萧乾留在伦敦的签名本，屈指一算，这也已是二十多年前的事了。在伦敦瞻仰马克思墓时，无意中得知韦理也长眠于海格特墓园，可惜马克思葬在东园，韦理葬在西园，限于时间来不及去墓上一拜，事后不免怅怅。

再说这部《唐诗别裁集》，徐志摩的题字墨色浓黑如新，狄更生的题字则已暗淡褪色，虽然仍可清楚辨认。但两人的师生情谊在这部并不算特别名

贵的木刻本诗集上得到了较为完整的体现。只是使我感到吃惊的是，书中还应有徐志摩题赠狄更生的一首诗，而且是目前已知的徐志摩的“处女作”，却翻遍六册，不见踪影。赶紧再查书目，始知当初入藏后未马上编目，二十世纪四十年代编目的 Gustav Haloun 先生已在目录卡上特别注明，书中另有徐志摩亲笔三纸。而今这宝贵的三纸赠诗身在何处，是否还存于霄壤之间？令人既担心，又抱着希望。艾超世先生答允代为仔细查寻，但愿有一天我能得到佳音。

至于这位 Haloun 先生，从目录卡上漂亮的中文字就可断定也非等闲之辈。他是剑桥王家学院的院士，中国语文和历史学教授，在剑桥执教十四年之久，一九五二年逝世。他与萧乾有亲密交往，新中国成立前夕，就是他到香港“三顾茅庐”，热情邀请萧乾到剑桥任教，萧乾宁可投身“革命”而婉言谢绝了他的好意，这在萧乾的回忆录《不带地图的旅人》里记载甚详。我在剑桥图书馆里翻出一本萧乾《创作四试》文化生活出版社初版本，扉页上就题

写着："何伦教授指正　萧乾持赠　一九四八、八月。"

何伦逝世后，丰富的藏书大部分让给剑桥图书馆。其中，最为特别，也是我最感兴趣的一本是广东著名女学者冼玉清的旧体诗集《流离百咏》。此书为冼玉清"琅玕馆丛著第四种"，一九四九年刊行，线装石印，薄薄一册，却字字国愁家恨，分量着实不轻。为此书作序的冒广生誉之为与李易安"几不相上下"，陈寅恪读此诗集后则题曰："大作不独文字优美，且为最佳之史料。他日有编建炎以来系年要录者必有所取资可无疑也。"此书想已编入不久前出版的冼玉清文集，可不必细述。但诗集扉页粘有冼玉清致何伦（冼玉清译为夏伦）亲笔函一通，字迹娟秀，内容更极有意思，照录如下：

夏伦教授大鉴：

去夏澳门聚首，共访藏书，日月如梭，转瞬又已半载。想福祉胜常，百凡畅适为祝。

此间自新政府到后，一切趋新，旧籍无人过问，加以四民艰困，衣食已感不足，更无余力

买书，书店有门可罗雀之叹。北京上海亦同此情形矣。

玉清埋头学业，日夕无闲。值韩礼德先生返英之便，送呈瓷器水池一个，送尊夫人织锦银包一个，又送贵校图书馆拙作《流离百咏》一册，统希点收为幸。

冼玉清拜　一九五〇年三月二十日

此信写于一九五〇年三月，开首所说“去夏澳门聚首，共访藏书”，就是指剑桥大学创办中文系，何伦作为首任系主任，到港澳访求中文书，也就是他邀请萧乾到剑桥教授中文这一次。此信写信时间格外值得注意。当时万象更新，知识分子纷纷洗心革面，弃旧图新，讴歌“革命”唯恐后人。但仍有像冼玉清这样“不识时务”的真正的学者，以买不起负载中国传统文化精华的“旧籍”为苦，以“埋头学业，日夕无闲”为任。信中所述，正可与《流离百咏》中的《缺书》等诗对照。其忠于学术文化，忠于自己的操守良知，半个世纪以后的今天读来，犹使人深感钦敬。有趣的是，何伦得此诗集和信后，未把书

及时转交剑桥图书馆，而是留在手边翻阅，直至逝世后才由家人把书送出，这也算是英伦文人的一件轶事吧。但幸而有何伦的细心，使冼玉清此信得以保存下来，让我们后人能够揣摩前辈学人的真实心态，真的要感谢何伦才对。这部《流离百咏》虽不是正式的签名本，但因粘贴了冼玉清这封信，其价值高于普通的签名本无疑。

在伦敦大学亚非学院图书馆，我只逗留了一个下午，名副其实的走马观花，但“皇天不负有心人”，还是有小小的“艳遇”。我找到了知堂老人的《瓜豆集》初版签名本，扉页题字为“平白兄惠存　作人
廿六年四月一日”，并钤有“周氏知堂”阳文印一方。这“平白兄”想必是老人四大弟子之一的俞平伯，但老人赠俞平伯的书何以漂洋过海来到伦敦？这是个难以索解的谜。不过另一位“五四”新文化运动代表人物胡适的签名本的遭遇却颇为离奇。亚非学院一位中文教授知道我偏嗜签名本，透露他藏有胡适名著《中国哲学史大纲》卷上初版（“北京大学丛书”之一）签名本，秘不示人。经不起我一再请

求，终于捧出让我开开眼界。

好家伙，此书是题赠逊清洋“国师”庄士敦的，书品完好，封面左上角有胡适的直行毛笔题字：“奉赠庄士敦先生　胡适”，题字不写在书中，却写在封面，可谓别具一格。庄士敦和胡适的名字旁还各划有一竖，这是当时新式标点的人名号，胡适身体力行，现在早已废弃不用了。据这位教授介绍，在伦敦的庄士敦后人前几年处理庄氏藏书，中文书全数交与亚非学院图书馆，先馆方挑选，再教师挑选，最后学生挑选，如是三次，胡适此书仍静静地躺在杂书堆中，幸被他及时发现抢出，才免于被当作废书扔掉的厄运。《中国哲学史大纲》卷上初版本已很难得，庄士敦和胡适，均在中国近现代文化史上享有盛名，这本签名本就更非同一般，而今终于被有心人珍藏，应该说物有所归了。

从徐志摩到狄更生到韦理到萧乾到何伦到冼玉清，再到知堂到庄士敦到胡适，我这次在剑桥和伦敦发现的作家学者签名本，互相之间似有因缘，一环接一环，丝丝相扣。随着时光的流逝，中英两

国作家学者间的交往和友情，在这些上个世纪前半叶留存的签名本上愈加清晰地凸显出来，吉光片羽，弥足珍贵。我有幸一一亲睹原本，一一摩挲前辈手泽，灯下回味，也算不虚此行了。

二〇〇〇年七月二十九日晚
于剑桥三一学院

附记(一)

拙文《从剑桥到伦敦》(载九月二日贵报)有一个失误，文中在介绍伦敦大学亚非学院图书馆所藏周作人签名本《瓜豆集》时，把受赠人“平白”误作俞平伯了。平白是尤炳圻(一九一一—?)的号。尤炳圻早年留日，三十年代出版了译作《杨柳风》(Kenneth Grahame 著)和《一个日本人的中国观》(内山完造著)，前者由周作人作序，后者由鲁迅作序，可见尤炳圻在当时文坛上是有一定文名的。尤炳圻与周作人的关系尤为密切，一九四九年周作人

从南京老虎桥监狱出狱到上海，就在尤家借住过三个半月。周作人为尤译《杨柳风》所写的序《谈土拨鼠——为尤炳圻君题〈杨柳风〉译本》一文开头称呼就是“平白兄”。我写《从剑桥到伦敦》时因人在客中，一时失察，承浙江陈光宽先生指出，十分感谢，并请贵报予以更正为盼。

二〇〇〇年十月十六日

（原载二〇〇〇年九月二日、十一月十一日上海《文汇读书周报》）

附记（二）

回国后查阅《冼玉清文集》（一九九六年十二月中山大学出版社初版），始知未能编入诗集《流离百咏》，令人遗憾。冼玉清的道德文章，足以为学人楷模。《流离百咏》收入作者于抗战八年颠沛流离中所作七绝百首，录《缺书》一首以见一斑：

一编得似荆州重，几卷探来邺架虚。

苦忆琅玕旧池馆*，芸香应冷子云书。

* 琅玕馆为予藏书处，精椠甚多，乱后不知下落。

二〇〇二年八月二十日补记

港岛淘书“艳遇”

每次到香港的必修功课，我不说大家可能也知道，那就是访书会友，访我喜爱之旧书，会我钦敬之文友。会晤文友的情形，我已另有文记之，现在就来谈一谈访书的“艳遇”。我是把访到意想不到的好书称之为“艳遇”的，而今在大陆，这样的“艳遇”已越来越少。

去年十一月，我应邀到港参加香港中文大学主办的第二届“新纪元全球华文青年文学奖”颁奖典礼。抵港的第二天上午，就乘会议间隙，与同行的柳叶兄渡海直奔北角，去见方宽烈先生和区惠本先生。方、区两位都是香港有名的爱书人。四人匆匆喝过“早茶”，就由区兄带领，七转八弯，来到一家小得不能再小的二楼旧书店。

由于地价金贵，房租金贵，香港许多个体经营的新旧小书店只能开设在二楼、三楼乃至四楼，才

能勉强维持生存。这家小旧书店同样如此，好在我们有熟人引路，不致迷失。店主领我到本来关着门的一个小间，谓这里有些卖剩的旧版书，也许我会感兴趣。

果不其然。这间房内大都是文史哲旧书，香港、台湾和大陆版都有。不出几分钟，我就从书架上抽下好几本书来，其中有许寿裳编撰的《怎样学习国语和国文》（一九四七年四月台湾书店初版）、张恨水著《山窗小品》（一九四八年五月上海杂志公司第3版）、亦门著《诗与现实》第二分册（一九五一年十一月五十年代出版社初版）、易君左的《君左散文选》（一九五三年十月香港大公书局初版）、孙陵著《浮世小品》（一九六一年一月台湾正中书局初版）和王拓著《张爱玲与宋江》（一九七六年三月台湾蓝灯文化公司初版）等，都是于我的研究工作有用而又很少见的书。如以小说《宝祥哥的胜利》和报告文学《边声》等享誉三十年代文坛的孙陵，曾与后来“统治”大陆散文文坛多年的杨朔合编过《自由中国》杂志，这部《浮世小品》就是他与众多三十年

代作家交往的回忆录，颇具史料价值。此书虽是初版本，惜封面已受损，当时还见到另一册书品完好的再版本，竟放弃了，现在倒有点后悔。难得的是三十年代女作家白薇的代表作长篇小说《悲剧生涯》精装本（一九三六年九月生活书店初版），却只有下册，正犹豫间，忽然见到扉页上钤有“陈无言”名章，原来这是我敬重且有过不少交往的香港新文学藏书家陈无言先生的旧藏。这样，尽管不是全璧，我还是买下了这本下册，作为对已故的无言先生的一个纪念。

一个多小时的搜寻，竟然满载而归，而花费总共才二百多港币，我不禁有点得意。这些新文学绝版书在这间小屋内已躺了不少时日了，好像是专门等待着我去把它们像失散的孩子那样领回家。

然而，更令人意外和惊喜的事还在后面。第三天的颁奖仪式庄严而隆重，中途休息时我们又开溜，到董桥先生府上去观赏他珍藏的近现代名人字画，真是琳琅满目，美不胜收。我和柳叶兄正在对他新入藏的张大千《归牧图》赞叹不已，董先生笑吟

吟地捧出一册棉连纸线装，十六开本的《初期白话诗稿》让我过目。打开一看，扉页上赫然题写着："建功兄惠存　弟复　廿二年二月"十二个字，墨色尚浓，又钤有"刘复"阴文名章一方，书品也甚佳。啊！这竟然是"五四"新文学代表人物刘复刘半农的签名本，是题赠语言学家魏建功的。就辈分讲，魏建功正是刘半农的学生。

《初期白话诗稿》由刘半农编选，一九三三年由北平星云堂书店影印出版，书前有刘半农的长序。两年之后，刘半农就溘然而逝了。他真是做了一件功德无量的大好事，不仅"化一成千"，妥善保存了鲁迅、周作人、胡适、陈独秀、李大钊、陈衡哲、沈尹默等早期白话诗创作的手迹，还首次把搜集整理现代作家手稿这个现代文学史料学研究的重要课题提到议事日程上来。我在给研究生讲授现代文学史料学课程时就以这部《诗稿》为例提出作家手稿研究问题的。《诗稿》存世已经无多，何况是编选者的签名本？实在是可遇而不可求了，董桥先生与我讨论了这册签名本的来龙去脉，然后说："这书对你

有用，就送你吧。”于我有用倒是事实，但怎好意思接受这样贵重的馈赠？推让再三，还是拗不过董先生的美意，只能愧领了。

不消说，我此次赴港访书，“艳遇”不浅、收获不小。当然，最使我宝重的就是这册刘半农题签的《初期白话诗稿》，它是我此次乃至历次在港访书最大的“艳遇”，同时也深深记下了董桥先生的高情厚谊。令我“中心藏之，何日忘之”。

（原载二〇〇四年三月十九日《上海新书报》）

“福德”的书香

五年前到日本访学，惊奇地发现东京、大阪等地许多大百货公司除了名牌、精品琳琅满目，令人眼花缭乱，竟然还有旧书店和古画廊镶嵌其间，于珠光宝气中透露出浓浓书香。查当时的日记，一九九八年二月二十四日，我就在一桥大学阪井洋史教授的陪同下，到东京池袋的 Sunshine City 参观第七届古旧书大展。东京和外地各大小书店的展台占据了该百货城整整一个楼面，我从上午十一时看到下午四时还没有看完。那天的收获是不小的，我淘到了胡兰成五十年代中期出版的日文著作《心经随喜》签名本、中国留日诗人黄瀛的诗文集（影印本），以及佐藤春夫、谷崎润一郎、永井荷风等日本著名作家的稀见版本等。这种把旧书作为“百货”之一种，把最不时尚的旧书业与最时尚的名牌百货混合在一起招徕顾客的做法，除了日本，在欧美乃

至台港似乎均无先例，当然大名鼎鼎的台湾“诚品”则又当别论。我不知道这样做在经济上是否划算，但至少可以说明日本人确实喜欢书，爱读书。我曾感慨，我们这里如果也能这样做该多好。近年上海文化产业新招怪招迭出，蓬蓬勃勃，唯独旧书业不断萎缩，有些难以为继，不免令人心忧。没想到现在我的梦想竟能成真。日前有友人见告，四川路上的“福德广场”四楼新开文化特区，上海图书公司福德店及其所属虹口区收藏协会“书友沙龙”和“新世纪小人书屋”均已开张。这倒是件意想不到的新鲜事，百闻不如一见，当即决定造访。

原来，“书友沙龙”主人是我熟识的瞿永发兄。他是一九九六年上海读书界评选出来的“十大藏书家”之一，以收藏民国时期的文学和文化书刊著称，他主持“书友沙龙”当然再合适不过。“书友沙龙”里陈列的好书还真不少，光绪石印本黄遵宪《日本杂事诗》、《吴宓诗集》、梁实秋批注《西康之神秘水道记》、徐志摩散文集《落叶》初版本和诗集《猛虎集》精装本、老舍题赠林语堂的《离婚》、线装本《梅

兰芳歌曲谱》、苏青《浣锦集》……一些民国珍稀版本是我从事多年现代文学研究还未曾寓目的，这次是大饱眼福了。永发兄在“福德广场”总经理、同时也是爱书人孙伟时先生的鼎力支持下创办这个“书友沙龙”，目的就是“为书找朋友，为朋友找书”，为旧书业的振兴尽一份力。不消说，“书友沙龙”也努力提供价格几毛钱、几元钱的各类旧书，以满足不同层次的普通读者的需要。

那天我在“书友沙龙”消磨了一个下午，与瞿永发兄和孙伟时先生品茗谈书，展望上海旧书业的前景。在上海旧书业中小有名气的刘德华兄（非香港影星刘德华，而是上海旧书行家刘德华）也中途加入进来，大家的话题就更加热闹了。永发兄谈了很多他的设想和打算，包括不定期地举办“古旧书、小人书、特价书交流会”，邀请专家举行专题讲座，在条件成熟时开办“网上购书”，等等。我还得知“书友沙龙”的创办，得到了北京藏书大家姜德明、秦杰等人的关心和支持。的确，只要是爱书人，不管他人在何方，谁不愿意有更多的淘书觅书的好去

处呢？

在百货公司里开办旧书店，乍看可能影响百货公司的正常营业，其实却是一个创造，是一个关注文化、营造书香社会的新举措，值得肯定。顾客在逛百货公司，选购自己称心如意的百货的同时，顺便到旧书店转一圈，既不浪费太多的时间，又何尝不会有意外的可喜收获？长此以往，潜移默化之中也就培养了顾客的读书兴趣，提升了顾客的文化品位。“福德”的尝试才刚刚起步，“福德”的书香还不够浓郁，这正需要全社会的理解和支持。但愿“福德广场”的这一缕书香越飘越香、越飘越远，吸引海内外更多的爱书人闻香前往。

（原载二〇〇二年四月九日台北《中国时报·人间》）

上海:“山水”、“凤鸣”和“福德”

一个现代化的大都市,应该有许多大大小小各具特色的新旧书店,让读书人得以流连忘返,让知识和资讯得以“不胫而走”。这本是都市文化建设的题中应有之义,也是衡量一个大都市文化积累是否深厚的标志。但是,也许是我的偏见,我不喜欢“书城”、“图书总汇”之类大而无当的大书店,而对各种个性化、专业性的小书店情有独钟。

遗憾的是,这样的小书店在今日上海是越来越少了。犹记九十年代初,上海几位爱书的友人合伙开办了一家“凤鸣书店”,位于现已高厦林立的申城南市区。除了刮风下雨,我那时几乎每个星期天都去光顾,先到附近的文庙旧书集市转悠一圈,收罗几本价廉物美的民国旧版书,然后就到只有一开间门面的“凤鸣”小坐。清茗一杯,与店主人海阔天空神聊一通,再翻翻钱锺书、杨绛、王佐良、张中行、汪

曾祺、黄裳、王元化等前辈大家的签名本(店主人与他们交谊不浅,故能征得签名本独家经营),实在是赏心悦目的美事。

后来“凤鸣”又代营“新感觉派”代表作家施蛰存所藏的西文旧书,琳琅满目。我曾带美国哈佛大学李欧梵教授前去“觅宝”,李欧梵满载而归之余撰文大发议论,批评国内图书馆有眼无珠,不去征集施老的珍稀藏书。其实,即使收藏了也会流失——前一段,堂堂国立图书馆不是爆出了巴金捐赠的西文书刊惨遭厄运的丑闻吗?

读书人办书店并非像舞文弄墨那么轻松,“凤鸣”风光一阵之后就寿终正寝了。我还在感叹偌大一个上海竟没有我中意的个性化书店可去时,长乐路上的“山水书店”悄悄诞生了。这为九十年代上海民营书店业的普遍不景气增添了一点亮色。“山水”店主何许人也,至今是个谜。很可能是“海归族”之一员,因为“山水”为读者购书包扎的绳索和装书袋都是用再生纸所制,环保意识如此超前和强烈,殊出我的意外。而“山水”坚持不售畅销书,坚

持独特的中外文人文社会科学书刊混合陈列的方式，也为我所欣赏。此外，“山水”还是上海滩上第一家只用西方古典音乐作为店堂背景音乐的书店。凡此种种，均使我对之有相见恨晚之感。

然而，曲高和寡，好景必然不长。随着“山水”新书品种越来越少，我就预感到其经营状况越来越不妙。终于有一天我再经过长乐路时，发现“山水”的店面已换作一家时髦的“唐装”店。“山水”步“凤鸣”后尘，也销声匿迹了。

无可奈何，我只得继续在上海滩游走，找寻我心目中理想的个性化书店。近年来我常去四川北路上的“福德广场”四楼。“福德”本是百货公司，但公司经理是爱书人，因此忽发奇想，施出怪招，在公司四楼低价租出若干铺位给个体书店经营。与“凤鸣”和“山水”不同，进驻“福德”四楼的几家个体书店清一色从事旧书业，这当然更对我的胃口。到“福德”坐一坐，喝杯茶，与差不多已成版本学专家的几位个体旧书店主交换一下旧书资讯，谈论一下新文坛旧闻轶事，比较一下稀见的新文学版本书，

已成为这二三年来我逛书店的“必修”功课。诸如张爱玲《传奇》初版签名本这样可遇而不可求的好书，我就得之于“福德”，其间的曲折经过或许可称得上一部新《传奇》。没有了“凤鸣”，没有了“山水”，还有“福德”，于我也就心满意足了。

谁知就在我草此短文之际，又传来一个坏消息，由于“福德广场”大楼易主，这几家小书店也恐将不保，何去何从，尚在未知之数。这真令人沮丧。西谚云：“我不在家中，就在咖啡馆；我不在咖啡馆，就在去咖啡馆的路上。”对我而言，或可改作“我不在家中，就在书店；我不在书店，就在去书店的路上”。但如果已在海内外小有名气的“福德”旧书店也不复存在了，上海还有什么个性化的书店可以吸引我呢？

（原载二〇〇三年四月十八日北京《中国图书商报·书评周刊》）

逛上海老城觅旧书

如果我也可以算作一个“都市漫游者”，沪上各古旧书店和古旧书集市则是我“漫游”必到之地。从一九八〇年代初至一九九〇年代后期，每个周末去古旧书集市成了我授课之外的“必修课”。在这无数次与古旧书亲近的“漫游”中，既有意想不到的惊喜，也留下了不少失之交臂的遗憾。淘旧书的乐趣和惆怅，非亲历者难以体会，也不是三言两语所能概括的。当年“漫游”时经常光顾，而今仍然安好的，大致有下列数处：

南市“文庙”古旧书市，每周日开放。不论寒暑，大清早乘车远赴去买门票，等开门，蜂拥而入，争抢旧书的情景至今历历在目。“文庙”当年与北京“潘家园”南北呼应，互相辉映，是上海最为重要的旧书集散地。我的民国版新文学作品收藏书，约三分之一来自于“文庙”的地摊。当时在“文庙”觅

得好书后，或到而今早已关门大吉的“凤鸣书店”歇脚，喝杯茶，显显宝；或去黄裳先生家请他老人家过目，当然大部分不入这位大藏书家的法眼，但偶尔也会得到夸奖，那接下来的一周就会悠然自得了。

瑞金二路 410 弄 3 号“新文化服务社”以及隶属该社的“淘友斋”，也不可不提，我曾经多次引领海内外书友前去淘宝。“新文化服务社”原在长乐路上，迁移至此后“诚信服务”的宗旨一以贯之，出售旧书，无论线装、民国版、“文革”前版还是旧杂志，品种丰富，价格还很公道，而且服务主动热情，能够想读者所想，急读者所急。我与该社“老法师”吴青云先生还成了“忘年交”。由于该社位于弄堂深处，一般不为人所注意，正应了“酒香不怕巷子深”这句老话。

方浜中路 408 号“上海旧书店”门市部也值得一说。这方浜中路又名“上海老街”，号称整旧如旧，其间不少古董相当稀见。但这“上海旧书店”里却有许多线装古籍和民国绝版书，初版本、毛边本、签名本之类所在都有，惜大都价昂，不敢问津，饱饱

眼福而已。

福州路424号上海图书公司是上海旧书店的重镇，上个世纪八十年代就举办过数次规模颇大、影响也颇大的古旧书展销，新文学大藏书家姜德明先生每次都专程从北京赶来，满载而归。后来几经调整，现在该店四楼的古旧书交流中心已经名声鹊起，此处汇集了十多家各具特色的旧书铺，不但井然有序，而且各类古旧书刊琳琅满目，不乏珍本孤本，只要你有眼力有财力，一定不会让你失望。

不久前鲁迅一九二七年题赠孙伏园之弟孙福熙的《唐宋传奇集》上册就在此现身，让新文学书迷“惊艳”。我上个月也有幸在此觅得顾颉刚《古史辨》初版签名本。在这里与“贩书人”接触多了，往往成了朋友，像“双德堂”主王德兄、“书缘斋”主荀道勇兄等位，都常有交往，使我对“以书会友”的古训有了新的体会。

不消说，沪上淘旧书的好去处远不止这四处，多伦路文化一条街上，大木桥路云洲古玩城里，乃

至七宝镇南东街小小的“同飞书苑”等等，都可能觅得你梦寐以求的古旧书刊，就看各位书迷的运气和缘分了。

（原载二〇〇五年十一月六日上海《东方早报·文明周刊》）

淘旧书

屈指算来，与旧书打交道少说也已有二十多个年头了。所谓“旧书”，原指民国时期的出版物。清末民初以前的书籍另有专门的称谓，即“古籍”或“线装书”，一般不再归入“旧书”之列，虽然它们是更旧的“旧书”。但民国时期的线装诗文集包括少数新文学的线装本，宽泛地讲，也应看作“旧书”。在图书馆里，“旧书”又有一个俗称：“旧平装”，以与“线装书”相区分。这样分类，似乎有点混乱，但在藏书界却早已是约定俗成。随着时间的推移，现在上个世纪五六十年代和“文革”时期的出版物也已成了“旧书”了。

如果说最初对旧书产生兴趣纯粹出于好奇，因为从小阅读的文字是简化字横排，而旧书绝大部分是繁体字竖排，展示的是另一个完全陌生的世界。那么在大学从教，讲授中国现代文学史以后，

对旧书的关注，就主要出于研究的需要了。初版本、再版本、毛边本、土纸本、创刊号、终刊号……旧书旧刊的这么多名堂，非亲眼目睹，非亲手翻查验证不可。否则，发掘作家的佚文遗事，纠正文学史记载的错漏传讹就根本无从谈起。那时的图书馆清规戒律太多，查阅太不方便，还是跑旧书肆、逛旧书摊自由自在，随心所欲，往往更能从中得到意外的惊喜，于是淘旧书就成了我工作之余的第一爱好了。

从上海的福州路和文庙到北京的琉璃厂和隆福寺，从香港的“神州”到台北的新光华商场，从东京的神保町到伦敦的查令十字街，从新加坡的“百胜楼”到哈佛大学周边的旧书市，我淘旧书从国内一直淘到港台和海外，浸淫其中，陶醉其中，甚至还有天蒙蒙亮就起身赶到北京潘家园旧书集市“挑灯夜战”的壮举。淘到一本绝版书的欢欣，漏失一本签名本的沮丧，其间的大喜大悲，非身临其境者恐实难体会。直到有一天我突然领悟，原来淘旧书也像抽烟喝酒打麻将一样，是

要上瘾的，我已成了不折不扣的淘旧书的“瘾君子”了。

淘旧书的关键在于“淘”。徜徉书市冷摊，东翻西翻，东找西找，人弃我取，人厌我爱，于无意中“淘”出稀见而自己又颇为中意的书，应了辛稼轩词中所说的“众里寻他千百度，蓦然回首，那人却在，灯火阑珊处”，那才是“淘”旧书的最大乐趣和最高境界。巴金《忆》签名本、沈从文《边城》初版签名本、宋春舫仅印五十本的自印剧本《原来是梦》、顾一樵剧本《岳飞》签名本、南星题赠辛笛的散文集《甘雨胡同六号》、张爱玲译《爱默森选集》初版本、曹聚仁《蒋畈六十年》签名本等等，都是在偶然中“撞见”而毫不犹豫购下的。当时的喜悦，就仿佛前辈作家的心灵世界被我触摸到，被遮蔽的文学史的一页就在我手中“定格”！

当然，现在许多旧书已进入拍卖领域，网上网下的旧书拍卖都十分红火，旧书价格飙升，淘旧书“惊艳”捡漏的机会是越来越少了，思之不免有点惘然。尽管如此，我还是不改初衷，仍在寻寻觅觅，淘

旧书的“瘾君子”，改也难。

（原载二〇〇七年七月十七日上海《新民晚报·夜光杯》）

三十年旧书梦

很荣幸，朱正先生在《编书三十年》中提到我。参加一九八一年版《鲁迅全集》注释时，我还刚到而立之年，刚入中国现代文学研究的门。记得就是在借调北京人民文学出版社工作的一九七八年秋，我在灯市口中国书店门市部见到一大批回忆和研究鲁迅的旧书，包括台静农编《关于鲁迅及其著作》、李长之著《鲁迅批判》、含沙（王志之）著《鲁迅印象记》、孙伏园著《鲁迅先生二三事》、许寿裳著《鲁迅的思想与生活》等等，都是书品完好的初版本或再版本，于我的研究工作不可或缺，价又低廉，就毫不犹豫全部买下。我的淘旧书生涯就这样开始了。

“春江水暖鸭先知”，经历了多年的严寒之后，上个世纪七十年代末文学出版开始解冻。最初，由于教学和研究的需要，新文学名家的代表作，像郭沫若的《女神》，茅盾的《子夜》，曹禺的《雷雨》、《日

出》，等等，重印一本我买一本。但我很快就发现自己犯了一个不该犯的错误。因为除了鲁迅“不悔少作”，这些名著大都是根据作者的修改本（有的还是多次修改，特别是一九四九年以后为适应新形势而作的真心或违心的修改）重印的，一般的阅读欣赏当然可以，但要做专门的文学史研究，还是非读未作删改的初版本不可。而要研读初版本，除了求助于图书馆和友好的藏家外，唯有自己苦心搜集、比较鉴别这一途了，这也进一步坚定了我淘旧书、寻觅新文学原版书的决心。

当时京沪各地都有国营的旧书店，但仍门禁森严，我虽已在大学执教，但还是普通的讲师，“级别”远远不够，更没有来头大的过硬的“单位介绍信”，经常无法登堂入室，任意浏览选购旧书，往往只能望书兴叹。虽然《读书》杂志已在大力提倡“读书无禁区”，但对所谓的“封资修毒草”的开放，还是有一个可以称得上漫长的曲折的过程的，要有足够的耐心。到八十年代末九十年代初，随着上海书店几次大规模旧书展销会的顺利举行，随着文庙旧书集市

的建立，随着大大小小个体旧书铺的出现，旧书业的种种禁忌终于逐渐被打破了，在旧书面前也逐渐人人平等了。我所收藏和使用的大部分新文学旧书，包括胡适、周作人、陈衡哲、巴金、老舍、傅雷等名家珍贵的初版签名本，都是在那个时期陆续觅得的，现在回想起来，真是有意思。

一九八七年夏，我首次出国到当时的西德参加学术会议。会后去汉堡大学，承关愚谦教授介绍，到汉堡唯一的中文书店——天地书店访书，见到梁实秋著《谈徐志摩》和《槐园梦忆》等许多台湾出版的文学书初版本，欣喜若狂，后来我编《梁实秋文学回忆录》等书时都依据了这些可靠的本子。这又是我海外访书之始。二十年后，我在香港市立图书馆演讲，会后一位中年人来找我，乍见之下竟不敢认，原来他就是天地书店的主人梁兄，阔别二十年后首次见面，“君子之交淡如水”啊，而结缘的就是旧书！

从此，在香港、澳门、台北、新加坡、东京、大阪、伦敦、剑桥、波士顿、纽约和洛杉矶，我到处访书，尤其是搜罗中文旧书。我在香港的新亚、三益，上海

印书馆等二楼旧书店逗留过，找到了张爱玲五六十年代在香港出版的不少著译和潘柳黛未经著录的长篇《一个女人的自传》，并最早向内地读者介绍现已大名鼎鼎的执香港旧书业牛耳的神州图书公司；我在台北的光华商场和百城堂流连忘返，搜得苏雪林、谢冰莹、黎烈文、徐讦等一大批渡海现代作家在台湾出版的著译；我在新加坡百胜楼的旧书店买了不少周作人、曹聚仁等的早期版本，店主慷慨地送我一套林海音主编的《纯文学》杂志；我在东京神保町淘到了林语堂《大荒集》线装本、章克标《文坛登龙术》线装本，甚至还“讨价还价”，购下鲁迅一九三六年三月二十日致内山完造函手迹捐赠上海鲁迅纪念馆……今年八月初，我重访日本，东京的内山书店已今非昔比，民国版的中文旧书已不见踪影，但我还是淘得章士钊《柳文指要》函装本、郭沫若《李白与杜甫》精装本等，满载而归，这些三十多年前出版的旧书，现在也已可遇而不可求了。

读书、教书、编书、写书三十年，没想到竟是与淘旧书共始终。各种各类各个不同历史时期出版

的文学旧书，在我的研究工作中所起的作用，完全可以用“巨大”两字来形容。它们引领我去重新认识中国现代文学史，揭开被遮蔽的“文幕”，发掘被埋没的“文墓”。如果不是它们，我不可能编出、写出那么些受读者和研究者欢迎的文学作品集和文史考证集。旧书，从查封禁毁到开放拍卖；淘旧书，从国内淘到海外，在三十年前是根本不敢想象的，只不过是一个梦想，而今梦想终于变成了现实。我三十年淘旧书的经历，正从一个小小的侧面见证了读书界改革开放的进程。

（原载二〇〇八年十一月八日上海《文汇报·书缘》）

学术书店忆往

偌大一个上海，现在还有没有严格意义上的学术书店？我实在不敢作肯定的回答。

何谓学术书店？顾名思义，不是高达数层综合性的门类齐全的像“上海书城”那样的大型书店，而是中小型的以陈列出售中外学术文化研究书刊为主的书店。“专门性”应是考察评估是否学术书店的一个重要标尺。譬如，文学书店应有尽可能齐全的文学研究的书籍，历史书店应有尽可能齐全的史学研究的书籍，如此类推。不但是学术新书，五年、十年前甚至更早出版的旧版书，也应有尽有，读者如要做文学或史学方面的专题研究，这些书店足可提供基本的必读书籍，这才是理想的学术书店，而那些时尚、流行和实用类书籍是与学术书店无缘的。以此标准衡量，当今的上海已很难找到这样的学术书店了。

犹记上个世纪八十年代，南京东路新华书店里的“学术书店”就大致符合这个要求。那时我几乎每周都要去这个“店中店”转一圈，寻觅自己需要的研究中国现当代文学的各类书籍，每次去都不会让我失望。更有意思的是，我在那里不止一次地见到上海市长汪道涵先生，也许那时他已转任海协会会长，我已经记不清了。记得清清楚楚的是他轻车简从，随身只有一位秘书（警卫？）。有时我走进书店，突然发现他在书架前认真地翻阅；有时我在书店里乱翻书，偶一抬头，见他悄悄地进来。我当然有些吃惊，也很好奇。汪老喜欢读书，学识渊博，我早已听说，但亲眼见他到学术书店来，还是大感意外。汪老到学术书店买书的时间，就我见到的，大约是傍晚五、六点钟，那时人们正下班，匆匆回家，学术书店并不宽敞的店堂里没有几位读者，静悄悄的，汪老选择这个时间到书店选书，显然不会引起注意，不会“扰民”。他经常在政治、思想、经济等学术书架前逗留，有时书店的店长会陪同他，向他作些介绍，更多的时候是他独自一人专注地浏览。我则

在书店的另一头“观察”。我从来没有打扰过他，不能去打扰一位日理万机又不断追求新知的智者，他的时间是十分宝贵的。与汪老在学术书店邂逅的印象是如此深刻，如此难忘，二十多年后的今天回忆，还好像是昨天发生的事一样。可惜，不仅这样的学术书店早已关门大吉，像汪老这样喜欢读书、关心学术、经常光顾学术书店的政府官员我也再没有见到过。

上个世纪九十年代的上海，还有一个中小型学术书店值得一说，那是开设在长乐路上的“山水书店”。千万不要以为这是家旅游书店，这家店面不大的“山水书店”是专卖人文社科书籍的，文史哲书刊尤其多，宗教学、民族学、民俗学等这些当时比较专门的冷僻的学术书别的书店见不到，“山水”照样有，正应了古人说的“山不在高，有仙则名；水不在深，有龙则灵”。“山水”的经营理念是现代的、前卫的，外国作家学者的著述，原版书和中译本并排陈列在一起，便于读者比较选择；读者购书后的装书袋是用再生纸做的，符合“环保”的要求；而店堂里

播放的背景音乐，不是莫扎特就是肖邦，偶尔也有贝多芬，营造着一种温馨高雅的书香氛围。所以，我很喜欢去“山水”看书，哪怕不买，随便翻翻也好，至少可以在那里获取许多新的学术信息。“山水”存在了大概三四年也寿终正寝了，同样十分可惜，我至今怀念它。

一定有人会说，你所描述的学术书店，只是一个梦想，这样理想的学术书店在当下已几无存在的可能。确实，由于市场化的加快，由于网络购书的冲击，也由于人文学术的边缘化，学术书店的经营越来越艰难。而今复旦大学周边还有“鹿鸣书店”这样的中小型学术书店，它们在默默地坚守，在为学术研究作着奉献。我所任教的华东师大中山校区，自从校园里唯一的一家学术书店——“心中书店”在今年春节前倒闭之后，除了华东师大出版社还有一个门市部，已经没有我可以进去随便逛逛的出售学术书刊的书店了。大学内外竟无学术书店的踪影，简直难以想象，是幸还是不幸，难道不值得我们认真面对，严肃讨

论吗？

（原载二〇一〇年四月二十二日上海《社会科学报》专题版）

新文学旧书三十五年

所谓“旧书”，至今尚无公认的确切的定义。线装古籍（含民国时期的线装书），当然可包含在广义的旧书之中，但现今讨论旧书，线装古籍另行单列，是并不纳入其中的，就像大学和大型公共图书馆大都设有古籍部，却无旧书部一样。又或谓可以“近代文献”名之，可是一九四九年以后的出版物也早已进入旧书流通领域，有些藏家已经以收藏一九四九年以后某个专题的旧书为己任。可见要界定“旧书”，还真不那么简单。

因此，限于篇幅，本文所讨论的就以民国时期印行的新文学“旧书”为主，兼及其他。

二十世纪五十年代公私合营后，个体旧书业不复存在。二十世纪七十年代末八十年代初的上海仅有一家国营的“上海旧书店”，除了福州路总店，就笔者记忆所及，尚在四川北路、提篮桥、南京西

路、静安寺、淮海中路等处设有门市部，负责收购和出售各类旧书。但民国时期旧书是严格控制的。福州路总店内又有内部书刊门市部，所谓店中之店是也。内部书刊门市部门禁森严，必须凭单位介绍信才能进入，介绍信又讲级别，来头越大，进入的范围就越大。

当时民国时期旧书标价甚廉，大多数都是几角钱一本，只要你有资格进入内部书刊门市部，眼光独到，再加上运气好，就一定能觅到宝贝，这在姜德明、倪墨炎等新文学书刊收藏家的著述中有大量的记载，令人神往。余生也晚，因研究兴趣在中国现代文学史料，对新文学旧书也就产生了浓厚的兴趣，总算及时赶上末班车，有幸买到一些。例如沈从文代表作《边城》一九三三年十月生活书店初版本，且有作者毛笔题签，价六角；巴金著散文集《忆》一九三六年八月文化生活出版社初版本，有作者钢笔题签，价七角；杨绛译《一九三九年以来英国散文作品》一九四八年九月商务印书馆初版本，也有译者毛笔题签并钤印，价仅二角；唐弢著杂文集《识小

录》一九四七年十二月上海出版公司初版本，系作者题赠傅雷者，价六角，等等，而今视之，简直恍如隔世。

有趣的是，笔者购买民国时期新文学旧书其实不是从上海始，而是起自北京。二十世纪七十年代末在北京参加《鲁迅全集》注释定稿工作，星期天无事到离人民文学出版社不远的中国书店灯市口门市部浏览，一次见到一大批鲁迅研究著作，从台静农编《关于鲁迅及其著作》一九二六年七月未名社初版本到荆有麟著《回忆鲁迅》一九四七年四月上海杂志公司复兴一版，总共有三十余册，欣喜若狂，全数购下，记得花去十七八元，占去我半个月的工资，当时算是豪举了。直到数年前，我才发现这批书全是研究中国现代文学的先行者、唐弢称之为给过他不少帮助的赵燕声的旧藏。北京的旧书店当然以琉璃厂和隆福寺最为有名，下面还将谈到。

二十世纪八十年代中期，上海旧书店举办过几次大型旧书展销会，文史哲一应俱全，一种书十几、几十本复本也不在少数，记得王独清译但丁《新生》

和辛笛新诗集《手掌集》都有一摞。展销会上人头攒动，热闹非凡。姜德明先生还专程从北京飞来淘书，当然是满载而归。但是书价已在悄悄提升了，虽然幅度不是很大。且从这一时期笔者所购书中举几个例子。谢六逸著散文集《茶话集》一九三一年十月新中国书局初版本，系作者题赠本，价一元五角；赵景深著散文集《文人剪影》一九三六年九月北新书局再版本，也系作者题赠本，价一元八角；韩侍桁评论集《参差集》一九三五年三月良友图书公司精装初版本，作者签名编号本，价三元，等等，就可说明问题了。

随着改革开放的深入和市场经济的兴起，旧书业一统天下的局面迟早会被打破。约从二十世纪八十年代末九十年代初起，北京潘家园旧书市场和上海文庙旧书集市均应运而生，而且不断发展，尤其是前者形成了闻名海内外的规模效应，李辉、谢其章、赵国忠、方继孝等学者和藏家都在潘家园旧书摊上有重大的发现。笔者人在沪上，到潘家园的次数屈指可数，理所当然成了文庙旧书集市的常

客,一连七八年每到周末必起早赶去文庙搜书,在乱书堆中拣宝是一乐,与卖主讨价还价,斗智斗勇也是一乐,确也时有斩获。书价当然也水涨船高,起初购一本傅雷译《幸福之路》(罗素著)一九四七年四月南国出版社再版题赠本,缺一页封底,价仅二元,到购梁宗岱题赠林语堂的《诗与真》一集一九三五年二月商务印书馆初版本,就已是数百元了。值得欣慰的是林语堂旧藏中的许多稀见旧书,胡适题赠林语堂的《神会和尚遗集》初版本、周作人题赠林语堂的《陀螺》初版本,以及丰子恺、杨骚、刘大杰、章衣萍、谢冰莹、黄嘉德等等的签名本,还有有名的《晦庵书话》中提到的宋春舫独幕趣剧《原来是梦》,褐木庐一九三六年五月初版自印本,非卖品,只印五十册,“印数奇少,遂入‘罕见书’之列”,均收入笔者囊中了。

就是国营的旧书店,也开始了各种经营。记得九十年代初陪同台湾学者秦贤次、吴兴文兄等到京选购新文学旧书,就在琉璃厂“海王村”流连忘返。这“海王村”到底什么性质笔者至今弄不清,大概是

个人承包的。拿出来的旧书真多，令人眼花缭乱，又可从容地挑选，大宗的为秦兄所得，现在都已捐赠给台湾“中央研究院”了，只要读一读十六开本两大厚册的《秦贤次先生赠书目录》（二〇〇八年七月台北“中央研究院”中国文哲研究所编印）就可明了。笔者当然也搜集了不少，如胡适著《尝试集》一九二〇年九月亚东图书馆再版本，系作者题赠北京大学图书馆者，价二十五元；卞之琳第一部新诗集《三秋草》一九三三年五月五日初版，沈从文发行，价十六元；废名短篇小说集《桃园》一九二八年二月古城书社初版本，价三十五元，更有俞平伯毛笔题请“玄同师诲政”的《杂拌儿之二》一九三三年二月开明书店初版本，当时为吴兄所得，前几年友情让于笔者，等等。价格比前一阶段又明显高出了不少，只比旧书集市的买卖交易稍低了。而在上海，名噪一时的“福德广场”个体旧书店群和现仍存在的新文化书店，则又是别种经营模式。

旧书市场的再次重大变革就是拍卖的介入了。犹记九十年代后期北京中国书店主办古籍和旧书

流通研讨会，笔者应邀出席，会后紧接着举行中国书店首届旧书拍卖会，笔者仍然参与，首次举牌争夺，拍下施蛰存毛笔题赠“从文我兄”的其第一本散文集《灯下集》一九三七年一月开明书店初版本、林庚毛笔题赠“子龙兄”（陈世骧）的新诗集《春野与窗》北京文学评论社一九三四年初版本等书，前者一千三百元，后者八百元，所费不菲。当时还健在的施蛰存先生得知笔者拍得《灯下集》后，还批评道：你花那么多钱干什么?!

然而，旧书拍卖迅速升温，很短时间内就形成不可阻挡之势。内地各大拍卖公司都辟有古籍善本拍卖专场，民国时期新文学旧书的拍卖开始时大都依附其后，近年也已出现新文学旧书拍卖专场了。北京“德宝”二〇一〇年春季拍卖会，古籍文献专场第十部分“新文学·红色文献”中，不少新文学初版本的起拍价就高得令人咋舌。胡适《尝试集》初版本一万元，刘半农辑译《国外民歌译》再版毛边本六千元，滕固《迷宫》再版毛边本四千元，张爱玲《流言》初版本一万元，等等。不妨再举一个较典型

的例子，刘半农编《初期白话诗稿》一九三三年北京星云堂刊珂罗版线装本，有棉连纸本和毛边纸本两种，系新文学史上首次影印作家手稿，在现代文学版本史上占有特殊的位置，被誉为与徐志摩《爱眉小札》线装本同是“爱书人望眼欲穿的猎物”（姜德明语）。此书棉连纸本二〇〇九年北京“泰和嘉城”春季拍卖会上起拍价八千元，到了二〇一一年北京“德宝”春季拍卖会上，同样是棉连纸本，起拍价已变为五万元了，短短两年之内翻了六倍多！尽管其中不无炒作之嫌，但新文学书刊拍卖价格不断飙升却已是不争的事实。

几乎与旧书拍卖同时，网络旧书买卖乃至拍卖也开始红火起来了。孔夫子旧书网的崛起又是一个标志性事件，标志着旧书市场已无远弗届。而今大部分民国时期普通旧书的买卖都已在孔夫子网上完成，每天都有多多少少各种各样的旧书通过孔夫子网找到它们的新主人。周氏兄弟编译的《域外小说集》公认是新文学旧书中的极品，最先就出人意料地出现在孔夫子网上，因网上拍卖火速达到价

格上限，又戏剧性地转移到拍卖会上，才以三十万元的高价成交。笔者也曾在孔夫子网上购得熊式一英文剧本《王宝川》一九三四年英国 Methuen & Co.Ltd 初版签名本和萧乾英文论著《苦难时代的蚀刻》一九四二年英国 George Allen & Unwin Ltd 初版题赠本。而且，借助网络的威力，旧书买卖已经扩展到更大的国际平台上，笔者友人就从 Abebooks 网上幸运地购得张爱玲题赠陈世骧的英文长篇小说《北地胭脂》初版本。另一位友人赠送笔者的日本国际文化振兴会一九四〇年印行周作人《日本之再认识》精装单行本(中文版)，这册周氏著作中的特殊版本也是向日本神保町的旧书店网购的。网络旧书买卖的前景已无可限量。

然而，新文学旧书的升值空间虽然还远远不及古籍善本，却也已相当可观，各种问题也就纷至沓来。伪造旧书固然不像伪造字画那么容易，但仍常出现鱼目混珠的现象。二十世纪八十年代上海书店曾依据原版影印一套一百多册的“中国现代文学史参考资料”，本是嘉惠学林的好事，但近年在网上

选购往往就会以这几可乱真的影印本冒充原版本，笔者就曾上当受骗。同时，伪造签名本、藏主去世后补钤名印等等也已时有所闻。在这种真伪难辨的复杂情势下，真正来源可靠、流传有绪的新文学珍本就更难能可贵了。譬如，二〇一一年“嘉德”秋季拍卖会上拍的香港藏家珍藏周作人寄赠新文学著作二十二种三十四册，其中有周作人本人的著译初版或再版本二十四种二十五册，刘半农赠周作人著作初版本两种，徐志摩、俞平伯、废名著作初版本各一种等等，绝大部分都有周作人题词。如周作人在刘半农著《扬鞭集》上册一九二六年六月北新书局初版线装本扉页毛笔题词：“半农著作劫后仅存此册，今日重阅一过，觉得半农毕竟是有才情的，我们均不能及。去今才三十余年，求诸市上几如明板小品，不可多得矣。今以转赠耀明先生　知堂时年八十　一九六四年六月十八日。”这样的题词，笔迹真，内容真，甚至可当周作人集外小文来读，根本不可能造假。正因为如此，这批珍贵的题赠本以三十万元起拍，竞争至六十五万元才成交，颇得新文学

藏家青睐。

简要回顾新文学旧书三十余年买卖历程之后，或可作如下的小结：从单一的国营旧书店到如今的旧书店、个体书摊、网络买卖和拍卖会拍卖共存，各显神通，互相补充又互相推动。但不必讳言的是，拍卖兴盛发达之后，稀见之书捡漏之类的可能性已越来越小了。一般而言，在众多新文学旧书中，初版本、毛边本、名家签名本、特装本、线装本、自印本、经过收藏大家如唐弢、姜德明等著录的版本等等，现在都已成为新文学旧书藏家的新宠。但是，中国现代文学研究界却很少关注新文学旧书的发掘、流通和拍卖，对藏书界不断出现的新的书刊史料往往不闻不问，这种状况大不利于文学史研究的拓展和深入，亟待改变。

（原载二〇一二年二月十九日《东方早报·上海书评》）

他画像

《遗落的明珠》序言

柯　灵

二十世纪的中国，发生过许多震撼世界的历史大节目。其中有一件，和知识分子关系密切，却不被普通老百姓（袭用传统名词：引车卖浆者流；或换用新式词汇：广大劳动群众）注意，实则对他们影响深远的事，那就是“五四”新文学运动。文学不是布帛菽粟，却像空气阳光，人人都呼吸煦沐于其中。

“五四”风云际会，既是文化运动，又是政治运动。文化与政治，本来自立门户，各有经纬，却总是牵丝攀藤，眉来眼去，落花有意，流水无情。香港名报人和作家董桥，最近在大陆首次出版他的散文集《乡愁的理念》（台湾版原名《跟中国的梦赛跑》）。第一篇文章就说到：政治是“热性的世界”，文化是“冷性的世界”；“政治”是“行动的人生”，文化是“静观的人生”。七十年来，中国的知识分子不幸一直

在冷热动静的夹缠中翻筋斗。董桥笔下生风，评弹世事，圈点理念，剪接感情，总显得那么天清云淡，水净沙明，使人悠然意远。

新文学运动的丰功伟绩早有定论，不可动摇。但不等于不容回顾反刍。传统与西化，国故与新知，白话文的得失，左右翼的功过，作家、作品、流派的评估，至今聚讼纷纭，却无不证明冷静思考探索切磋，有助于澄清问题，接近真理，是理知与智慧的胜利。前人种树，后人乘凉；前人种了苦果，后人也要分尝。历史永无终结，后之视今，亦犹今之视昔。“鸡声茅店月，人迹板桥霜”，我们还得继续赶路呢。

前几年，理论界有个热门话题，是“重写文学史”，形势一变，就此鸦雀无声。历史事实是客观存在，历史记载出于人为，官书与野史就大有出入。何况岁月侵蚀，漫漶尘封，蠹鱼为患；时代隔阂，传闻异词，牵扯附会，在所难免。敢于白纸黑字胆大妄为地窜改和编造历史的，也大有人在。秦始皇焚书，红卫兵破四旧，刀兵之劫，文字之狱，还不计在内。考据成为一门学问，正是出于实际需要。占有

材料，考核核实，去粗取精，去芜取菁，去伪存真，推陈出新，还事实以本来面目，正是实事求是的精神。如果确对马克思有点真心实意，似乎大可不必为此杞人忧天。天要落雨，娘要嫁人，恐怕要拦也拦不住。

现代文学研究的方法之一，是探幽发微，钩沉辑逸，力求史实的补缺还原。知人论世衡文是否确当，是第二步的事。这是一种艰苦的工作，需要耐性细心，水磨工夫。也是一种科学的工作，需要爬梳钻勘，刮垢磨光。同时还是一种饶有兴味的工作，有些深埋地下的材料释放出土，就很足以醒酒破闷。例如《围城》问世之初，一面备受激赏，一面也使激烈派横眉怒目，大张挞伐，鄙之为不堪入目的“香粉铺”。活像曹雪芹笔下的傻丫头，在大观园里捡到了绣香囊，一时闹得家翻宅乱。现在《围城》不但“六国封相”，饮誉海外，国内也受到了充分肯定和普遍欢迎。前后对照，反差如此强烈，如何不令人为之莞尔！当然可能现在还有人对此不惬于心，这也是正常现象。世界上是否真有“一致通过”

这回事，就大可存疑。

陈子善先生致力于现代文学研究，孜孜矻矻，锲而不舍，很值得有心人感佩。《遗落的明珠》将付印，聊陈管见，藉充弁言。

一九九二、五、十

（原载一九九二年十月台北业强出版社初版《遗落的明珠》，又为一九九八年八月杭州浙江文艺出版社初版《文人事》之序）

《中国现代文学侧影》序

秦贤次

陈子善先生是我第一位认识的大陆学人。经过一年多的通信联系后，为参加首届“中华文学史料学研讨会”，我们俩终于于一九八八年十月九日在上海欢聚。

认识子善兄，大约记得是当时香港《明报》月刊编辑黄俊东兄介绍的。我俩有太多的相同研究兴趣，时常通信交流，为的是提供双方所需的文学书刊及影印资料，至今乐此不疲。

子善兄是上海市人，今年四十六岁，现任上海华东师范大学图书馆副馆长，也是该校台港文史研究中心副研究员与文学研究所现代文学研究室主任。同时，他也是大陆“中国现代文学研究会”及“中华文学史料学学会”理事。

约在十年前，我第一次知悉子善兄大名时，系

在香港三联书店看到他与王自立先生合编的十二卷本《郁达夫文集》，他也因而开始在海内外享大名。之后，他又陆续出版了费尽无数心血才编辑成功的《郁达夫研究资料》（上、下册）、《回忆郁达夫》（以上两书均与王自立合编）、《知堂集外文·亦报随笔》、《知堂集外文·四九年以后》、《梁实秋文学回忆录》、《回忆梁实秋》等书。

此外，台静农教授于一九九〇年去世以后，我即与子善兄合作搜辑台先生佚作，终于在两年后编成《我与老舍与酒——台静农文集》一书，由此间联经出版公司印行。

子善兄的文章在海外发表者，一直以香港《明报》月刊为大本营，后来也逐渐蔓延至由刘以鬯先生主编的《香港文学》以及由痖弦先生主编的台北《联合报·联合副刊》。上述三刊，本就是台湾现代文学研究者的必备期刊，因此子善兄的大名，在此间读书界可说亦已耳熟能详。

九二年秋，子善兄的《遗落的明珠》一书由业强出版社印行，他感到非常高兴，这是他自己写的而

非编校的第一本书，也是在台湾出版的第一本书，收入由好友陈信元策划的《新知丛刊》中。

现在，子善兄的第二本著作《中国现代文学侧影》又要由此间志文出版社出版。我义不容辞写此序文，因为信元兄与志文负责人张清吉先生均是由我介绍而与子善兄深交至今。我深深期望，本书的出版，能带动台湾的文化界也努力来挖掘前辈作家的佚作，提供学者作更深入的研究。

一九九四年十月五日

（原载一九九四年十二月台北志文出版社初版《中国现代文学侧影——前辈与我》）

《捞针集》序

姜德明

若干年来，每到上海，我总要与陈子善君一晤。他也是我沪上的书友之一。

我们的话题不外谈书，主要是通报近况，以及有何新发现，正在编撰什么东西。陈君亦有史料癖，每次谈得都很欢畅。在我们的心目中，如果长久毫无所获，好像活得也不那么自在了。陈君为人热情，出口声如洪钟，有时北上开会或访书，必然抽暇到寒舍小坐。我平时的嗓门儿也不低，陈君一到，彼此大鸣大放，了无禁忌。每次送走陈君后，妻子必然给以嘉奖："好么！这声震屋瓦的男高音比赛总算收场了。"

"五四"新文学的历史不足百年，由于我国特殊的历史条件，有关的资料却已十分难得了。建国以来，新文学研究的史料工作长期被忽视，再受累于

“左”倾思想，也只有个别有心人对左翼文学史料做了一点整理，不想在“文化大革命”前亦已被定罪，为“三十年代文艺黑线”树碑立传。“文化大革命”一来，更是彻底“舒服”，作品无分年代，作家无分“左”、“中”、“右”，一律全面否定，对于史料无疑是个毁灭性的大破坏！

幸亏有陈君这样痴迷史料研究的人，安于从故纸堆中抢救、挖掘、发现有意义的史料。试想，新时期以来出版界提供的不少重要作家的佚文集，包括郁达夫、周作人、台静农、梁实秋、张爱玲等人，哪一部里没有体现陈君的目光和辛劳。一批作家研究的不断深化和文学史某些章节的空白得到填补，莫不与史料的新发现大有关系。不重史料，仅靠说空话来定是非的现象再也不应该继续了。

陈君除编辑作家佚文外，并有所考证和辨谬，同时广征海内外与作家相关的旧友相知，组织他们回忆往事，撰写文章，编成回忆作家的专集出版。这也是带有创造性的一种抢救史料的工作，已出各集都富有保存价值。这与市场上出现的故意起哄

和发财的某些投机出版物不能混为一谈。

陈君的目光还投向了当代的海外作家研究，这也是他专业工作的强项。因与我日常关注的范围稍有距离，恕我不能道其详细。

与很多前人从资料研究开始，终于走向专门家和学人的道路一样，子善君的成就和经历亦是如此。他在海外已出版了两本带有史料考证和研究性质的书，我都拜读过，并受益匪浅。现在他新编的这本书话集即将与读者见面，我分外高兴，并表示祝贺。在书话写作的队伍中，又增加了一位别具特色的作者。真希望这支队伍不断扩大，倘如此则新文学史料学有幸，于新文学研究史更利莫大焉。

某年我在上海购书，子善君来我住宿的地方帮我捆书打包，并同我一起扛到附近的小邮局去投邮。又一年夏季，他冒大雨蹚水来旅舍长谈。这种友情令人难忘。前年，我们一起在上海文庙的书市访书，他捡起一本封面残破的《鲁迅自选集》，是战前上海天马书店的初版本，定价很便宜。他嫌书品不佳有点犹疑，我劝他立刻买下，机会难再呀！可

惜如此访书的机会，如今已愈来愈少了。

一九九七年一月二十二日

（原载一九九七年七月杭州浙江人民出版社初版《捞针集》）

《文人事》序

董　桥

一

时代是健忘的。历史是健忘的。“五四”运动之后的中国现代文学，转眼间化成荒凉幽静的后院：一弯池水擎起无数听雨的残荷，几株老树在风中诉说梦里兴亡；青苔斑斑的断桥上，依稀辨认出当年春游的屐痕。破落的书楼吟馆之中，也许还翻得到一些鲁迅的小楷，知堂的诗笺，胡适的少作；甚至郁达夫的残酒，林语堂的烟丝，徐志摩的围巾，梁实秋的眼镜，张爱玲的发夹。灯都不亮了。在秋雨霏霏的深夜，一扇扇关不牢的长窗里偶然会透出摇摇曳曳的烛影：陈子善先生在楼上翻资料、写笔记……

二

“……但至少有一点是可以肯定的，那就是所

有作者都抱着对故人和对历史负责的认真态度撰写回忆文章的，我也相信绝大部分篇章都可以作为史料引证，都是具有甚至是较高的研究价值的。”这是陈先生在《闲话周作人》的《编者前言》中说的话。他穷几十年的精力到处搜寻现代文学作家的佚文，甚至一封短简一则笔记都不放过。陈先生于是编校出一部部很有价值的补遗和文集，不仅细加注解，连张爱玲的英文习作他都逐篇移译。陈先生自己的著作也以评论现代文人与作品为主，在台湾出了《遗落的明珠》和《前辈与我》。这本《文人事》是他在内地出版的第一本文集。“在二十世纪末已经临近，一百年来文学和文化史上的风风雨雨即将尘埃落定之际”，他的著作和他编的书，都成了“中国知识分子复杂心态的一个见证”。

三

国学大师钱穆先生说，中国的学问传统可以归为三大系统：人统、事统和学统。人统以人为中心，学者所以学做人也，一切学问的要旨是学习做人，

做一个有理想、有价值的人。事统是以事业为学问系统的中心，学以致用。学统是学问本身的系统，为了学问做好学问。这是中国传统学问的全盘脉络，自有其宏观的深刻意义。回顾过去三十多年里我猎涉过的外国文人学者的著述，其实也隐隐约约呈现了这三个系统的影子。以文学研究的领域而论，注重人统的批评家以人取文，从观察做人做文的现象营造评论架构；关心事统的批评家衡量作品的市场出路，藉群众的爱恶判断作品的价值；坚持学统的批评家标举一宗一派的信仰，在一套严谨的程式里决定文学的层次。这些取向各有瑕瑜，既牵涉到批评家的思想背景，也关系到批评家的学养品味。

我不太相信文学可以铸入不变的模型中去加以研究。文学既属于“人”的系统，也离不开“事”的系统，更没有理由排斥“学”的系统。陈子善先生一定也体会到研究文学的这个关键之处。他好几年来在那荒凉的古园旧楼里听雨听风，挖掘杂草中的几块彩石，修整红墙边的几株古藤，始终企图不忘

照顾人统、事统和学统的准则，尽量给普通读者和专业学人提供宽畅的思考空间，听任人家在断桥上凭吊随风而逝的暮鸦和沾上污泥的裙屐。

一九九七年一月二十三日

（原载一九九八年八月杭州浙江文艺出版社初版《文人事》）

《生命的记忆》序

黄　裳

十多年来，子善先生辛勤致力于新文学史料的发掘、考证、整理，成绩喜人。他搜集、编定了周作人、梁实秋、台静农、叶灵凤等人的佚文，为读者提供了可读的文本，给研究者摊出了难得的资料，实在是功德无量的事。他开手辑佚的工作时，周作人、梁实秋还是被排除在书林之外的“另册”人物，绝料不到后来居然会“热”起来，在不同意见纷起之时毅然从事，终底于成，不能不佩服他的胆识。周作人后半生是犯下了不可饶恕的罪行的，但作为新文化史上一个复杂的存在，研究者还是不能略而不论。要论，就要考查实证。在《周作人集外文》两卷中，就辑存了周作人自己删去的大量佚文，大致恢复了真《谈虎集》的本来面目，在读者和研究家看来，无疑是一种快事。对梁实秋作品的考订整理，

也是子善先生用力甚勤的一个方面，有《梁实秋著译年表》为证。

中国过去有悠久的辑佚传统，曾蔚为文苑中的别国，如严可均的《全上古三代秦汉三国六朝文》，就是一种名著，为文学史家离不开的文献渊薮。继起者代不乏人。鲁迅先生的《会稽郡故书杂集》、《古小说钩沉》也都是人们熟知的。先生的一部《中国小说史略》就是植根于《钩沉》的。基本史料与研究成果之间的紧密联系，灼然可见。鲁迅先生是自己动手收集素材的，因为前人没有留下可以凭依的资料汇编。这就给后人以启示，人们已经重视并着手现代文学研究的基础工作，成绩是显然的，方向是正确的。这中间就有子善先生的劳绩。

前人进行古文献的辑佚，主要依据的是古典文献类书、总集。偶有细心的学者搜索广及地志、文集——如厉鹗的《宋诗纪事》，就为这一工作扩展了视野，是可以借鉴的方法。新文学辑佚工作所依据的则是报刊、杂志和单行著作，辅之以回忆录、社团史料等，其实还是大有扩展余地的。要达到知人论

世的效果，是非把眼界更扩展到社会、政治的大环境不可的。本书中不少记述前辈与辨析史料的文字，就提示了这种研究扩展方向的可能性。作者所援引的书报杂志甚多，这些报刊的背景、倾向与当时作家的思想变化是息息相关的，都是可以进一步探索的课题。比如在三十年代，梁实秋所用的笔名就有秋郎、陈淑、敬远、子佳等数十个，这就又有一个考定的问题，作者付出的劳动是可以想见的，往往一篇短文之成，作者不知翻遍了多少书报、杂志，而这些在今天又几乎成了“孤本秘籍”，残缺断烂，检索为难。作者埋头于资料的探寻中，不知花费了多少精力，这是读者捧读这本《生命的记忆》时，难免会产生的沉重之感。

作者又是一位新文学书刊的收藏家。他曾记下历访北京琉璃厂、上海文庙书市的访书经历，读了恍如重睹北京厂甸书市风光。但其辛苦搜访的岌岌心情，却与“冷摊负手对残书”者迥异。偶然拾得一二珍异册籍，就亟亟写短文记之，流露出难以掩饰的欣喜之情。他在北京无意中得到宋春舫褐

木庐的藏书,就是这种奇遇。宋先生穷毕生之力搜集的七千八百册戏剧藏书,五十年代已捐赠给北京图书馆,但仍逃不脱狼藉市上的命运,真是言之痛心。不论长篇短制,作者记下的都是值得珍重的史料。子善先生年力正富,未来的收获正无穷尽,这是读者殷切的期待,也是对作者的鞭策。

一九九七年四月二十二日

(原载一九九八年八月上海教育出版社初版《生命的记忆》)

《说不尽的张爱玲》序

夏志清

二十世纪七十年代末以后，中国大陆学界逐渐开放。到了一九八七年，在专治现代中国文学的大陆人之间，上海华东师范大学的陈子善先生已是最为我重视的一位了。那年香港《明报月刊》正月特大号的封面上载有一条《张爱玲的中篇小说〈小艾〉重现眼前》的绿色大标题。除了二十八页《小艾》正文之外，该期还载有陈子善《张爱玲创作中篇小说〈小艾〉的背景》这篇文章。它不仅详叙张爱玲写此小说时的生活背景，也交代了陈子善自己怎会去发现这部连作者出国后也并未提起过的作品的。凭我早在《明报月刊》上看到的几篇文章，陈子善不是专研二三十年代的作家的吗？怎么一下子他又变成了一个道地的张爱玲专家了呢？那几年大家都想看到几篇张爱玲的佚文，但谁又有陈子善的本领

和福气，能找到一篇从未出过单行本的中篇小说呢？

陈子善发现《小艾》之后，接着几年，他又发现了好几种张爱玲的少作、佚文，以及有关话剧《倾城之恋》、电影《太太万岁》的种种评论和争议。陈子善寻找资料如此有把握，主要因为他学识丰富，不辞艰苦，幸运的帮助实在是极有限的。他读书的计划比较宏大，不是单看作家的文集就算了。他往往坐在图书馆里，从容不迫地翻看二十、三十、四十年代整套的旧报、旧杂志。他于一九七六年十月参加了《鲁迅全集》书信部分的注释工作，才走上“研究和教授中国现代文学的不归路”（《文人事》跋，页四五二）的，因之，左右派的作家他都看。但凭其个性和兴趣，他显然对自由派或信奉自由主义的作家更为喜爱，研究他们的作品和生平也更成绩斐然。他当然敬爱鲁迅、茅盾，但真正花时间去研究的则为周作人、张爱玲等当年在中国大陆未受重视的作家。

一九八七年七月号《明报月刊》刊登了陈子善

《〈知堂集外文编〉(一九四九——一九六四)琐谈》，我知道他为周作人所编的那本佚文集已经出版了，很为高兴。更让我高兴的是陈子善有勇气给了周作人最高的评价："在中国现代文学史以至整个现代文化史上，无论就声望还是成就讲，周作人都是曾与鲁迅相颉颃的第一流大作家，其影响之大，是谁都无法否认的。"翌年，我在《联合文学》五月号上写了篇赞扬胡适、周氏兄弟的小文《"五四"三巨人》，就引用了陈子善上面那句话，表示我同他的意见完全一致，同时也让台湾读者知道，进入八十年代下半期后，大陆的文学研究者，态度上要比过去开放得多了。

一九九五年陈子善编了一册《私语张爱玲》(浙江文艺出版社)，集了他自己同台、港、沪各地已发表的有关她的文章。可惜书尚未出版，张爱玲已于九月间离开了人世。陈子善接着又编了一本悼文集《作别张爱玲》(文汇出版社，一九九六年)。因为书里有我的那篇悼文《超人才华，绝世凄凉》，他也航寄了我一册，并附函谓"我还记得先生曾在一篇

谈‘五四’新文学的文章中对我整理周作人佚文表示肯定，对此我深感荣幸”。从此我们二人书信不断，有时还要隔洋通电话。去年十月下旬，我为老友刘绍铭教授所邀，飞香港参与了一个“张爱玲与现代中文文学国际学术研讨会”。在会场上与不少多年未见的老朋友重聚，当然高兴，但同子善初次会面，因为二人志同道合，趣味相投，更感到一种特别的快慰。

因为他偏爱文艺界自由主义这个传统，我想即是在未同我通信之前，我们兄弟的中英文著作只要能在上海图书馆找到的，陈子善都已看过了。但大陆一般读者看不到这些书，因之，他在信上不断提到要为我们出书的事，且自告奋勇同出版社接洽，不计麻烦地为我们校阅书样。到了今天，已出版的有辽宁教育出版社的《夏济安日记》、《人的文学》，上海三联书店的《鸡窗集》。即将出版的还有《夏济安选集》和我的《中国现代小说史》。陈子善对先兄早年发表的文章也有兴趣去搜集，不久前他在香港《纯文学》复刊第三十二期（二〇〇〇年十二月号）

上刊出了一篇《夏济安的佚文》,倒要感谢他费心去找到了先兄大学时期所写的两篇书评。

《说不尽的张爱玲》里的部分文章曾收入《文人事》(浙江文艺出版社,一九九八年),不妨先在序里把该书推介一下。《文人事》长达四百五十多页,乃陈子善从事中国现代文学研究前二十年的光辉成果。所集文章六十多篇,篇篇言之有物,内行读者看了,只有点头称善的份,不得不同意作者自己对其整个成就之明确了解:“聊可自慰的是,我研究的重点一直放在对现代文学史料的挖掘整理上,一直放在对现代文人生平行谊、著译佚作的考证辨析上,在这些方面,我多少有些新的发现,对一些长期有争议或真相不明的文学史悬案多少有所澄清,对若干被忽略和被歧视的重要作家的研究也多少有所推动。”(《文人事》跋)

除了张爱玲外,《文人事》里占篇幅最多的文人乃是郁达夫和徐志摩、梁实秋等“新月派”作家。在中国大陆,郁达夫可能不算是一位“被忽略和被歧视的”作家,他同郭沫若、鲁迅的友谊多少保障了他

的地位。但他有“颓废”的倾向，旧文人的气质也很重。陈子善同我一样，对他也特别有好感。此外，《沉沦》出版后大受攻击，周作人受郁达夫之托，仗义发言，这个文坛佳话，陈子善特别重写于《研究〈沉沦〉的珍贵资料》一文里，良有以焉。陈子善写现代文人交往的故事，多少有意为散文家吴鲁芹所谓“文人相重”的传统作证。现代文人相轻、相骂的例子实在太多了。

关于叶公超，《文人事》只载有一篇《一笔重要的文学遗产——〈叶公超佚文专辑〉前言》，比同书谈论其他“新月派”大将的文章少得多了。但写这篇《前言》，陈子善先得去发掘很多资料，才能在《联合文学》第一〇六期（一九九三年八月）上刊出这个专辑，所花的时间与精力实在是很可观的。叶公超病故于台北，而《联合文学》特委一个上海学者去主编此专辑，这表示陈子善在台湾的身价也非常高了。

陈子善终于在一九九八年编出了一部《叶公超批评文集》（珠海出版社），所集文字要比秦贤次所

编的《叶公超散文集》多得多了。我原先只以艾略特派诗学专家目之，看了《批评文集》才知道叶公超读书极多，对二三十年代的英美前卫作家和主流文学都非常熟悉，不说半句外行话。陈子善把他同周作人、梁实秋、朱光潜、李健吾并称为“评论大家”，很有见地。但此四人一个也称不上是现代英美文学专家的。梁实秋留学哈佛，受了白璧德教授的影响，看不起英美现代文学，终生吃了大亏。

《文人事》所谈论的作家，以郁达夫、梁实秋、张爱玲三人的篇数最多。《说不尽的张爱玲》则是陈子善研究张爱玲文章最完整的结集。书中除了收入他这些年来查究张爱玲佚文逸事的一系列考证和解读，还附录了四十至五十年代初上海文学界对张爱玲话剧、电影和小说的一些评论，都是我当年未及注意的，很有意思。陈子善在香港张爱玲研讨会上宣读的那篇有趣的关于张爱玲的《〈天才梦〉获奖考证》，是他最新的研究成果，也已收入在这部论文集里了。

我很高兴看到张爱玲已成了中国文学史的一

部分，她的文学成就确实是说不尽的。因此，尽管我患有心脏病，笔力已不如前，我还是乐意为子善花了很多心血才完成的这部书作序，向张爱玲作品爱好者和研究者郑重推荐。

二〇〇一年三月于美国纽约，
二〇〇四年四月改定。

（原载二〇〇一年三月台北远景出版公司初版《说不尽的张爱玲》，改定稿载二〇〇四年六月上海三联书店初版《说不尽的张爱玲》增订本）

陈子善著《发现的愉悦》

吴小如

今人每一谈到“乾嘉朴学”，往往认为那已是古老陈旧的学问，或竟把它看成过了时的糟粕。其实所谓考据之学，乃治任何一门学问的津梁，其内容有着丰富的科学性。即使治现当代文学，同样用得着考据手段。远在若干年前，我就认为不但“古籍”需要整理，“今籍”也需要整理，甚至整理今籍的难度还要大一些。我所谓的整理今籍，用陈子善先生的说法，即“在中国现当代文学研究领域里”从事“史料学研究”。当然，从事史料学研究也有不同的切入点。如果对史料进行诠释工作，那就用得着治文字训诂的一套学问，即前人所谓的“小学”；如果要从事“辑佚”工作，那就需要掌握目录学、版本学和校勘学等方面的基本功。这就是我读了陈子善先生的近著《发现的愉悦》（湖北人民出版社二〇〇

四年二月出版)的第一印象。

陈子善先生多年来一直从事中国现代文学史料学方面的研究工作。这本《发现的愉悦》中的大部分篇章都是他近年通过“辑佚”所获得的成果。一位研究工作者对于一篇佚文或一本佚著的发现,当然会感到欣慰和愉悦。所以子善先生给他这本近著起了个“发现的愉悦”的书名。而我作为一个同行的读者,在读到这些文章时自然也分享了这种愉悦的感情。因为我深有体会,作者的欣慰和愉悦乃是从“踏破铁鞋无觅处”的阶段开始,通过各种不同的渠道和机缘,最终“发现”自己所要寻找的对象,然后才产生了这种感情的。这其中无疑包含着一个艰辛求索的历程。而在这一历程中,作者所凭藉和使用的方法,基本上是属于自乾嘉朴学发展下来的“考据学”范畴的。试举书中《张爱玲〈天才梦〉和文学奖》一篇为例。《天才梦》(原名《我的天才梦》)是张爱玲尚未成名时写的一篇短文,却获得了《西风》杂志的“文学奖”。在张本人的印象中,这篇文章应该获得应征作品的第一名,结果却排名在

后，这使她终其一生都耿耿于怀。这桩公案，从史料看，先后有三种不同说法，包括张本人的回忆在内。而这三种说法互有出入。子善先生费了一番爬梳搜检功夫，终于找到当年刊有“设奖征文启事”的那一期《西风》杂志（一九三九年九月一日出版），并把这篇启事“全文照录”。根据这份第一手的文献史料，澄清了张爱玲本人和其他两人在一九九五年发表的回忆文章互有出入且不够准确的说法。这种谨严可信的论证正是沿用并发展了乾嘉朴学实事求是的考据方法。仅从这一件事来看，子善先生是具有“辑佚”和“考据”的基本功的。这不只是一个方法和材料问题，而是有原则、有规范的“辑佚”和“考据”。可见在中国现当代文学研究领域中，要想获得有效而可信的成果，继承并发展乾嘉朴学家们的治学方法和态度，是符合客观事物的发展规律的。而当前有的青年人，却以鄙夷蔑弃的态度对乾嘉朴学不屑一顾，声称自己根本不去读那些书，而同时又采用一笔抹杀的办法予以否定，认为那些书毫无价值。这种主观武断的作风，说他狂妄

无知也许言重了，但说他心态有些浮躁总该是事实。希望持这种心态的青年人能静下心来读一读子善先生这本朴实无华的近著，或许不无裨益。

读子善先生的“辑佚”文章，使我联想到清人马国翰的《玉函山房丛书》。这部丛书又名《玉函山房辑佚丛书》，编著者马国翰从先秦至唐代古籍中辑出经、史、子各类佚书六百余部，可谓是“大工程”。尽管后来人也有批评它不够尽善尽美的，但动口的人总比动手的人来得容易。平心而论，古籍虽多毕竟“有涯”，而近、现代人的著作和近百年来的报刊杂志，虽不敢说“无涯”，但从中爬梳剔抉出佚文、佚著来，至少难度不比整理古籍小。愿学术领域中能多出现几位像子善先生这样的有心人，为我们现当代文学领域多开垦出一些有价值、有意义的新的土地。

二〇〇四年三月写讫

（原载二〇〇四年北京中华书局《书品》第四辑）

子善老师

——《探幽途中》代序

毛　尖

刚看完台北《印刻》上的胡兰成佚文，又在上海《文汇读书周报》读到许广平有佚文出土，如果是“央视”王小丫的有奖竞猜：都是谁干的？你都不用听选择项，只管说：“陈子善！陈子善！”就赢大奖了。

有时候真是怀疑，这些年一批批见天日的珍贵史料，真是鲁迅真是张爱玲真是台静农很多年前很多年前写的吗？为什么全中国这么多人，就陈老师一个人看得出来？再说了，随着陈老师四海播名，他泡图书馆的时间不一定有我们多啊，可凭什么，我们从故纸堆里出来，灰头土脸只惹一身古代尘埃，而他抖抖衣衫，神清气朗开出了新感觉派的新阵容。说起来，周作人、郁达夫、徐志摩、梁实秋、叶

灵凤、郭建英这些人，没有一个是他的亲戚，可他怎么就比人家老婆孩子知道的事情还多呢？

然而，就在我们怀疑的当儿，陈老师又给他的博士生整出了一个新题目：东方蝃蝀。你能不服气吗？给你一百年，都做不了陈老师一天的事。而他，在愉悦的发现后，还能好整以暇，星星点灯，子善出门，去接见全世界的善男善女。想见陈老师的人真多啊！当然了，以陈老师的隆重身份，完全可以摆 POSE，但是，陈老师动用过他一丝一毫的傲慢吗？他总是好好好，好好好，平易得令我们做学生的都觉得恐怖，担心他会答应去出演《张爱玲传》中的一个小配角。不是开玩笑的，当年，拍摄郁达夫文学小传，那著名的背影不就来自于我们敬爱的陈老师！

这样平易的教授这样世故的年头真是不多了，他会坐在学生的自行车后座上，飞车党一样掠过校园，两只长脚拖地而行，他只管紧紧保住胸前的一大包书。他爱书太凶猛，显得他的爱情生活似乎乏善可陈。但是，有很长一段时间，他穿一粉红衬衣，

肩挎一民俗布包，穿过黄昏的校园，去听一女郎拉小提琴，这故事到底有没有结尾，陈老师说，十年后告诉我们。不过，感伤忧郁的形象似乎不适合我们的陈老师，他是永远童心灿烂，永远性情开朗。在伦敦，他和柳叶一起逛书店，用着超高的分贝问，色情书放在哪里？柳叶公子花容失色，他却不以为然，洋鬼子，听不懂中文的。其实，就算在新华书店，他这样问，我们做学生的也不会惊奇，同样的事情，在他做来，是无邪，旁人要仿效，就邪了。因为，他是一个有工作的“堂·吉诃德”。

一年又一年，这个“堂·吉诃德”，为现代文学带来的生机和希望不是我们看得出来的。我们看得出来的是，他一年比一年苗条，如果“身体”这个前缀没有被糟蹋的话，他从事的是真正的身体写作。好多年了，“左”的研究也好，“右”的考辨也好，中间态的故事，等等，都镌刻了陈子善这个名字，而享受了他研究成果的人，真正心存感激的，可能并不那么多。但是，他不要别人的答谢，他的快乐就像白先勇弄昆曲，年年岁岁偏向故纸寻青春，岁岁

年年直把青春献文学。

真是应该感激生活，陈老师和我们住在一个城市，国际学术会议上，有他坐在那里，就有了在地性；饭桌上，他频频接通的手机，却是全球性的证明；他在这个世界晃荡的身影，像DANDY，简单里有格调，放肆里有庄严。只是，他的天然职业不是爱情，是文学，他是为这个文学接近零度的时代准备的，提示我们古典和现代还有着互相的出路。

二〇〇五年六月

（原载二〇〇七年四月长沙湖南教育出版社初版《探幽途中》）

迪昔辰光

——《上海的美丽时光》代序

刘绍铭

除非你是陈子善教授的同乡，《迪昔辰光格上海》（台湾版名《上海的美丽时光》）这个书名，想你会摸不着头脑。“迪昔辰光”是沪语，说的是“那个时候”。这是一个老上海恋恋家园的心影录。集内文字缘起于上海《东方早报》一个叫“上海罗门生”的专栏，一周五篇，五人轮流执笔。陈子善以此心怀乡土，寄意桑梓，上世纪二三十年代的春申旧事奔流眼底。

怀旧转眼成追忆。追忆有时跟凭吊分不开来。圣玛丽亚（St.Mary's Hall）是上海早期的教会女子中学，数度迁移，最后在白利南路（现在的长宁路）建了新址。今天的东华大学长宁校区，就坐落在这里。张爱玲初中和高中都是在这里念的。

陈子善因张爱玲才想到St.Mary's Hall的存在。

他曾多次在那里寻访张小姐的足迹，喜见校园建筑如小教堂仍然存在。我们的华东师范大学教授“身处校区之中，春风拂面，‘思古之幽情’油然而生，仿佛时光倒流，少女张爱玲真的会从教室向你走来”。

《圣玛丽亚女校》这篇文章发表于二〇〇四年二月二十五日。作者每次走访“春风拂面”的校园时，就担心这些房子有朝一日会被无情的推土机铲平。张爱玲应是圣玛丽亚女校最知名的校友。陈教授满以为在朝衮衮诸公中会有“张迷”，因念旧情把St.Mary's Hall列为历史文物保存。谁料“无情的事实却是再过三个月，这所有纪念和保存价值的教会女中原址真的要从上海地图上永远消失了”。此文见报时距今已两年。圣玛丽亚女校如今尘埃落定。“张迷”要一睹她母校当年的风貌，只有看照片凭吊了。

陈子善笔下的旧上海，风雨故人情，有些篇章，香港人在“后天星”时期的今天读来别有一番滋味。他在《重绘文学上海的地图》说到自己原有“梦想”，要发奋绘制文学上海的详尽地图，“展示上海在中国近现代文学史上无可替代的重要地位”。他这个

宏图大计，想是因一次英伦游引发出来的。原来英国的皇家艺术协会一八六七年为了纪念拜伦，在伦敦诗人出生的哈尔斯街嵌装了一面文化名人的蓝徽章。这传统一直留存下来。今天单是伦敦一地的街头，已嵌装了七百多面蓝徽章。陈教授说上海的文化虽然不如伦敦悠久，但也有一百多年历史了。接着他列出长长的一个新文学名人榜，他们都是在上海居住过，在上海文坛"大展身手"过的。鲁迅、巴金、茅盾、胡适、徐志摩、郁达夫、钱锺书外，当然还有张爱玲。

上海在加速成为现代国际大都市的前提下，若要把这些名人故居一一保存下来，哪有空间起高楼、宴宾客？难怪陈教授自己也说绘制上世纪至今的文学上海详尽地图，仅是他个人的"梦想"。

二〇〇七年二月十一日

（原载二〇〇九年三月台北秀威资讯科技股份有限公司初版《上海的美丽时光》）

开·卷·书·坊（第一辑）

开卷闲话六编·（子聪）
我的歌台文坛·（宋词）
纸醉书迷·（张国功）
书林物语·（沈津）
条畅小集·（严晓星）
书虫日记二集·（彭国梁）
劫后书忆·（躲斋）
寻我旧梦·（鲲西）

开·卷·书·坊（第二辑）

开卷闲话七编·（子聪）
旧书的底蕴·（韦泱）
听雪集·（许宏泉）
梧柿楼杂稿·（扬之水）
笔记·（沈胜衣）
邃谷序评·（来新夏）
我来晴好·（范笑我）
难忘王府井·（姜德明）
读书抽茧录·（桑农）
旧书陈香·（徐雁）
书虫日记三集·（彭国梁）
书虫日记四集·（彭国梁）

开·卷·书·坊（第三辑）

一些书　一些人·（子张）

开卷闲话八编·（子聪）

书缘深深深几许·（毛乐耕）

西窗看花漫笔·（李文俊）

我之所思·（刘绪源）

自画像·（陈子善）

待漏轩文存·（吴奔星）

文人·（周立民）

左右左·（钟叔河）

温暖的书缘·（徐鲁）

上架建议：社科　读书

ISBN 978-7-5326-4190-1

9 787532 641901 >

定价：30.00 元

www.cishu.com.cn

易文网：www.ewen.cc